また会う日まで

柴崎友香

河出書房新社

目次

また会う日まで

月曜日

　地下鉄が速度を落とし、たくさんの人が待つところへ入っていったけれど、ドアの窓越しに見えるそこは普通の駅よりも薄暗い気がして、トンネルのどこか途中で止まってしまったんじゃないかという気持ちがよぎった。

　実際、ドアが開いてプラットホームに降りると、駅は大規模な改装工事の最中だった。見上げると、暗い剝《む》き出しの天井から、最低限の簡単な笠だけがついた蛍光灯がぶら下がって、端から端まで白い直線で光っていた。乗ってきた半蔵門線が出ていくのと入れ違いに、反対側に銀座線の柔らかい橙色のラインが引かれた車体が入ってきて、二つの電車の立てる音と警報音が、複雑な形になった構内のそこら中に反響している。電車が出ていったあとの壁や天井のコンクリートは、煤《すす》けていて一段と暗い色に感じる。

　パーカのポケットに入れっぱなしになっていた携帯電話が振動したので、階段に向かう人たちの流れから外れて立ち止まった。

　あと五分ぐらいで着きそう。

しょうちゃんの短いメールを確かめて振り返ると、今度は銀座線が出ていって、そんなに広くはないホームの反対側に人の列ができた。階段や柱の周囲は、鉄パイプや白いボードやネットなんかで覆われているところが多くて、その隙間に見える表示で出口の方向をもう一度確認して、表参道のホームからはどの階段を降りても同じところに出るんだと思い出した。

すぐ前にある階段の降り口は、片側が工事用のボードで仕切られていて、三分の二ぐらいの幅になっていた。その脇に、ヘルメットに反射テープの付いた作業服のおじいさんが、警備というよりも案内係という感じで立っていて、電車を降りたばかりらしいおばちゃんになにか聞かれている。

擦《す》れ違った、腰の骨がはっきり見えるほど浅いジーンズの女の子が、連れのお揃いみたいに似たような格好の子に笑いながら言ったのが耳に入った。

「絶対、それ嘘だよ。わたしには二百って言ってたもん」

あと五分、待ち合わせの場所は外に上がってすぐのところだから、写真を撮ろうかなと思って、階段の囲いの脇に立ってもう一度ホームを見渡した。何十年前からあるのかはわからないけれど、それなりに古い駅で、天井も低かった。銀座線の側のコンクリートの壁は、五メートルほどの間隔でアーチ形に下半分が開いていて、向こうが見える。こちらとちょうど逆に銀座線、半蔵門線と並ぶプラットホームを歩いていく人たちの足だけが見える。暗い部屋の窓から覗いているみたいな感じで。銀座線の新橋駅の近くには、とっくに使われなくなったホームが暗闇の中に残っているところがあるって聞いたことがあるけれど、そこから見たらこんな感じじゃないかと、勝手な想像をしてみる。

日付を入れて撮ってみようか、と思いついた。ずっと前に写真雑誌で、わざと数年後の日付を入れて撮った写真を見たことがあって、現在なのに未来の廃墟みたいに見えたその写真の変な感覚を、まだ作っている途中なのに待ちきれずに使っているようなこの駅にいて思い出した。2005.07.11.と、ほんとうの日付を入れているのに、嘘の日付を記した写真みたいに見えるかもしれない。オレンジ色の光の粒で表されている次の電車の案内を見ながら、肩から掛けているキャンバス地のバッグに手を突っ込んでカメラに触ったけれど、よく考えたらわたしのカメラには日付を入れる機能はなくて、どうしようかちょっと迷った。結局、カメラを出さないで狭くなったホームをすり抜けるようにして階段の降り口へ回った。もう次の電車が近づいていた。

工事のお詫《わ》びが掲げてある白いボードに沿うように階段を降りて曲がり、地下鉄から地上に出るのになんで降りるんだろう、とこの駅でいつも思うことをやっぱり思った。しょうちゃんに言われた出口の記号を探しながら、今朝東京に着いたときにすぐに買ったプリペイドカードを突っ込んで改札を出た。ホームよりも改札の外のほうがもっと工事中で、床にもシートやボードが張られていたし、元の壁が見えているところはほとんどないぐらいで、あちこちに配管やコードがはみ出ている。でも不思議と工事らしい音はしなくて、かわりに電車の轟音《ごうおん》が響いてくる。工事は夜の間にやっているのかもしれない。アルファベットと数字を組み合わせた記号と矢印が、黄色い看板に黒で書いてあって、その矢印の指すほうに曲がる。看板がある度にべたべたと貼り紙がしてあって、一つの出口が閉鎖中でご迷惑をおかけします、と知らせている。わたしが目指しているところじゃない。

正面の壁の貼り紙でまた矢印が分かれていて、右に曲がった。さっき出てきた改札の裏側だった。低くなった天井は圧迫感があったし、人も多いうえに、工事で空調が止まっているのか妙な蒸し暑さを感じながら、三段ほどの段差を上がった。出たいところには今までに何回も行ったことがあるのに、こんなところは通ったことがないと思った。思わず周りを見たけれど、右の人も左の人も前の人も少しも迷っている様子はなくて足元だけを見ている。三月に来たときも表参道には来てそのときも工事をしていた覚えはあるけれど、ここまでややこしくなかった気がする。方向音痴でもないし地図を見るのも得意だけれど、なぜか建物の中にいるとびっくりするぐらい右も左も勘違いしていることがあるので、もしかしたら間違っているかもしれない、改札からこんなに遠いはずがないし、と思い始めたら目の前に探している記号で示された階段があった。上がると見覚えのある歩道橋の前に突然出て、合っているのに間違えているような気がした。七時前なのにまだ明るかったのも、そう思う一因だった。夏至からひと月も経っていないから当たり前だけれど。

「おー。有麻《ゆま》ちゃん、久しぶり」

しょうちゃんは階段のすぐ脇で待ちかまえていた。仕事帰りだから、カメラの詰まった黒い大きなリュックを背負っていて重そうだった。

「めっちゃ工事してねんな。迷いそうになったわ」

「ああ？　ずっとやで。こないだなんか、おれ、千代田線に乗ろうと思ってそっちのきれいになった階段から降りて矢印の通りに歩いてたらいつまで経っても着かへんくて、どこにあんねんと思ってたら、結局また一回上に出て別のとこから入らなあかんかってん。なんやねん、それって。もっと、わかりやすく書いとけっていうねんなあ、千代田線の人はここから入らんといてくださいって」

ちょうど信号が青になった横断歩道を、歩く。周りの人の足元を見ていると、脚がいっぱいあるから重なってもつれそうに見える。外も湿気は多いけれど空気の流れがあるから涼しいくらいに感じて、見上げると欅《けやき》の葉の隙間から白い曇り空が見えた。たぶんもうすぐ梅雨は明ける。

「荷物は?」

肩から掛けたバッグ一つのわたしを、歩きながらしょうちゃんが覗き込む。

「渋谷のコインロッカー。帰りに通るやんな」

今日から一週間、しょうちゃんの部屋に泊めてもらう。

水の流れみたいに緩やかに傾斜している表参道を渡りきって反対側を見ると、同潤会アパートのあった場所はずっと先まで工事用の囲いがしてあって、その大きな壁すれすれにコンクリートの四角い輪郭が見えた。大きな工事現場は、なんとなくいつまでもできあがらない気がしてしまうけれど、きっと今度来たときあたりにはあっさりと真新しい建物が、前からあったみたいにそこに並んでいるんだと思う。囲いの前を歩く人たちは、まだ真夏の格好はしていなくて、大阪のほうが暑いせいだけれど、季節が戻ってしまったように感じる。

「どっか行ってたん?」

「また朝七時に着いたからさあ、行くとこないし新宿の定食屋で朝ごはん食べてちょっと写真撮って、なんとなく渋谷かなと思ってまた渋谷で写真撮ってた」

高速バスで来るとどうしてもお店もなにも活動してない時間に着いてしまって、もうすぐ夏だからまだいいけれど、三月のときは寒いから仕方なくて漫画喫茶に行ったらうっかりお昼前まで寝てしまった。

「どのへん？」

「なんかこう、めっちゃ急な坂がぐるっと曲がってて、あー、東急ハンズとかあるとこ。そのまま代々木公園一周して」

午前中に地図を見ながら歩いた道を思い出しながら答えた。渋谷の道は放射状に広がっていて複雑だからなかなか覚えられない。

すぐ前を歩く女の子が、近くの美容院のスタッフだと名乗る男の子にしつこく声を掛けられている。左のショーウインドウには、何十万か、もしかしたら何百万円かもしれないきらきらしたものが飾られている。

「よう歩くなあ」

しょうちゃんは呆れたようにちょっと笑った。一日でそんなにあちこち行けるのは、わたしがここに住んでいないからだと思う。駅が工事中で遠回りさせられても、苛々したり焦ったりしないのも。

「それから、荒川線も乗りに行った」

「あー、あの電車、めっちゃかわいいやろ。おれもまた行きたいわ」

今度はわたしが笑った。

「しょうちゃんはなんでも、かわいい、やな」

「なんで？」

ミントガムを口に放り込んだしょうちゃんは、わたしにもくれようとしたけれど、ミントが苦手だから返すと、リュックの別のポケットからレモンの飴《あめ》を出してきた。

「いいけど。しょうちゃんは？　どこ行ってたん？」

「浮間舟渡《うきまふなど》」

初めて聞く名前で、どこなのか見当もつかなかった。

「実はすごい町工場のおっちゃん、みたいな取材。新幹線の部品作ってる人やったから、東北新幹線をバックにってリクエストで」

しょうちゃんは今日の仕事の説明をする。最近はたまに自分で撮る仕事もやるようになったみたいだけれど、まだほとんどはアシスタントというか要するに見習いで、週刊誌や広告の写真の撮影についていくことが多い。勤め先はこのすぐ近くらしいけど、正確な場所は知らない。

「今日、どのぐらい撮った？」

クリスチャン・ディオールの、モデルを大きく写した写真の前にそれと同じバッグが飾られているディスプレイに目がいっていたせいかちゃんと聞いていなかったみたいで、急に質問されて思わずしょうちゃんの顔を見た。

「写真」

念を押すようにはっきりとしょうちゃんが言う。なんとなく鞄《かばん》の中を手探りしながら答える。

「三本かな。あんまり撮れへんかった」

「有麻ちゃん、どっかに応募したらええのに。それか雑誌に持っていくとか。誰か紹介しようか？」

「うーん、どうやろ。まだ決めてないねん」

なにを決めていないのか、言いながら自分でもちゃんとわかっていないと思った。それが決めていないっていうことなんだとも思う。

「どうしようかな」

もう一度言ったわたしにしょうちゃんがなにか返しかけたところで、電話がかかってきているのに気がついた。

「あ、李花《りか》ちゃんや」

雑踏《ざっとう》の中で聞き取りにくい電話の向こうで、李花ちゃんは早口で今いる場所を教えてくれた。しょうちゃんは、風もなくてほとんど動きのない高い木の枝を、ゆっくりと見上げた。もう、明治通りの交差点まで来ていた。信号を待つ人たちが溜まってだんだん膨れていく。

「もう、すぐそこやって。あの、渡ったとこ」

「李花ちゃん、一年ぶりやわ。うれしいわ」

「かわいいから?」

「うん」

二年前までわたしの勤めている会社の東京営業所にいた李花ちゃんは、今はテレビや雑誌に出る仕事をしている。

「でも、今日は彼氏もいっしょやで。石澤さん」

「四十五歳とか言うてた人? 離婚二回でテレビ局の人って」

「テレビ局の広報やって。でもそんな感じじゃなくて、おっとりした優しそうな人やったよ。眼鏡でちょっとぷくっとした感じで」

三月に来たときにいっしょにごはんを食べたけれど、その石澤さんのほうが李花ちゃんをすごくかわいがっている感じで、今日のお昼に李花ちゃんから電話があったときも、石澤さんが行きたいって言ってるから、と言っていた。

「そうなんや」

しょうちゃんは、あんまり関心がなさそうな返事をし、渋谷の方向を見ていた。明治通りの真ん中は、赤く点滅する紐状《ひもじょう》のライトや黄色と黒の柵で囲まれていて、通り沿いのビルよりも高いボーリングの機械がいくつか動いてたし、その先には中身はなんなのかわからないけれど仮設の四角い建造物が二つあった。そういえば、記憶にある限りこの場所はずっと工事をしている気がする。

「ここってなんでずっと工事してんのやろ」

道のずっと先を見たまま、しょうちゃんがつぶやいたのが聞こえた。近くには地下鉄工事と書かれた看板があったけれど、すぐそばの仕事場にほぼ毎日通ってきているしょうちゃんもちゃんと知らないんだと思った。ようやく信号が青になった。

「あ、あれや」

動き出した向こうの人垣の隙間に、李花ちゃんが見えた。背が高いせいもあるけれど、李花ちゃんには華があるという形容がぴったりで、人がたくさんいても見分けられる。黒のホルターネックが似合ってる、と思っていたら李花ちゃんがこっちに気づいて手を振ったので、わたしも振り返した。目を凝らしたけれど、一人みたいだった。

「久しぶり？　元気だった？」

李花ちゃんは近寄ってわたしの腕を握った。李花ちゃんの指は細い。

「うん、元気。……石澤さんは？」

「別れた」

李花ちゃんは歩いてきた方向をちらっと振り返った。

「えっ、いつ？」

「さっき。一時間ぐらい前」

信号が変わって、また少しずつ人が溜まり始めた。あっという間に、鉄板で蓋《ふた》をされた歩道は人でいっぱいになる。

「なんで？」

「ほかにもいたんだよね。二股か三股か知らないけど」

「あっ、そうなの？」

妙に高い声で返事をしてしまった。隣でしょうちゃんも、えっまじで、と間抜けな反応をしていた。李花ちゃんは手に提げていたシルバーの革のバッグを肩にかけ直した。

「パイナップルが料理に入ってるのって平気？」

「うん」

「しょうちゃんは？」

「おれも大丈夫やで」

「よかった。だめな人、いるでしょう？　酢豚にパイナップルとかさ。ここの近くのお店で好きなとこあるんだけど、そこ行っていい？」

「うん」

先に歩き出した李花ちゃんに、わたしとしょうちゃんはちらっと顔を見合わせて、狭くなっている歩道を向かいから来る人をよけながらついていった。李花ちゃんの着ているホルターネックは背中が大きく開いていて、長い髪の隙間から少しも日焼けしていない肌がちらちら見えた。

「多少愚痴《ぐち》っちゃうかもしれないけど」

李花ちゃんが振り向いて笑った。

「うん。なんでも聞くよ。最悪だね、三股とかほんとにあるんだ」

「そう。ほんと最悪」

厚い唇の端を上げてまた笑顔を見せると、少し立ち止まってわたしの横に並んだ。

「有麻ちゃん、今回も適当にぶらぶらって感じなの？」

わたしが答えるより先に、しょうちゃんの声がした。

「行きたいとこ、あんねんな」

見上げると、妙ににやにやしている。その向こうに、ビルの上に掲げられた洋服のブランドの看板がライトアップされている。やっと日が暮れる気配がある。

「どこ？」

首を傾《かし》げて李花ちゃんがわたしとしょうちゃんの顔を交互に見た。わたしは鞄を背中のほうに回し、足を速めて答えた。

「またあとで話すよ」

角を曲がって明治通りを離れるとすうっと空気が変わるみたいに音が少なくなり、

ついでにデメルにチョコレートを買いに行けばよかったと思って、でも暑いから溶けそうだしやっぱりいいかと思った。

ほんとうは会社が休みになるおとといの土曜日から東京に来たかったけれど、昨日の日曜日に徹生《てつお》の結婚式があったので、大阪にいた。結婚式といっても、堺筋本町《さかいすじほんまち》のレストランで本人のバンド出演のライブイベントみたいなものだった。高校の入学式で隣の席になってからちょうど十年やな、と写真を撮るときに徹生がわたしに言ったから、記念になんかする？　と聞いてみた。

徹生がドラムを担当した一回目のステージが終わったとき、たまたま中庭の前に一人で座っていたわたしの横に徹生が座った。入学式のときみたいに。すぐそばでは新婦のお母さんが、六か月になる徹生の長男をだっこしていた。おばあちゃんの背中越しに目をきょろきょろさせている小さな彼に、愛想をしながらしゃべっていたら、なんの話のついでだったか忘れたけれど、徹生が言った。

「そういや、こないだ鳴海《なるみ》に会うたで」

「いつ？」

「四月かなあ」

もともと徹生の小学校からの同級生の鳴海くんとは、徹生の友だちという感じで、たぶん高校一年の終わりごろからときどきしゃべるようになった。

「もっと早く言うてよ」

「なんで？　だって、最近会うてなかったやん」

「そんなん、メールでもなんでもあるのに」

「鳴海とそんなに仲良かった？」

「ううん。そんなこともない」

二年のときは同じクラスになったから話す機会も多かったけれど、特別仲のいい友だちというわけではなかった。徹生やしょうちゃんみたいには。

六年会っていない鳴海くんの名前を聞いたら、どうしても会いたくなったので、徹生に電話してほしいと頼んだ。突然そんなことを言い出したわたしに、徹生は驚いていた。

「仁藤《にとう》って、鳴海のこと好きやったんや。知らんかったわ。へえー」

「いや、そうでもないけど」

「そうか。そうやったんか。早よ言うてくれたらええのに」

徹生は勘違いしたままだったけれど、説明するのも難しいのでそういうことにして、パーティーの主役の徹生を無理言って電波状況の悪い会場から外へ連れ出した。

そして、日曜日の昼間で人通りの少ないオフィス街のすかすかした道端で電話をかけてもらい、わたしは六年ぶりに鳴海くんとしゃべった。ちょうど明日から東京に遊びにいくねんけどと話したら、仕事が忙しいからどうかわからんけどまた連絡してみてえや、と、鳴海くんは覚えているのと同じ声としゃべりかたで言った。太陽が薄く透ける曇り空の下で、徹生は少し離れたところに立って煙草を吸い、なぜかわたしが話すのを聞かないようにしていた。


原宿と渋谷の中間ぐらいにあるベトナム料理のお店は小さな雑居ビルの三階で、透明の波板の屋根がついた狭いベランダの席しか空いていなかった。ベトナムだし蒸し暑いぐらいが気分でいいんじゃない？　と李花ちゃんは言ったけれど、外に出てみると日も暮れてきたし風が通って思ったより涼しかった。ドアのすぐ脇の安定の悪い椅子に座ると、斜め向かいの建物の同じ階がよく見えた。アパレルメーカーの事務所かなにかのようで、大きなガラス窓越しにラックにつり下げられたTシャツや洋服が入った段ボール箱が蛍光灯の光でよく見えるけれど、ずっと誰もいない。

「そのあと石澤さんがちょっと電話してくるとか言ってわざわざお店の外に出るからさ、おかしいなーと思って。こないだからなんか引っかかってるところはあったからね。で、戻ってきてから、わたし全部わかってるんだけど、って言ってみて」

李花ちゃんは一時間前にわたしとしょうちゃんに話したのと同じことを、十分前に来た東京営業所の後藤さんに説明した。お店に入ってすぐ、李花ちゃんが後藤さんも呼ぼうと言って電話した。

「カマかけたわけやな」

後藤さんはタイガービールを片手にえびせんべいを囓《かじ》りながら、李花ちゃんの話を聞いていた。

「で、動揺しながらも言い訳するから、携帯取り上げて、リダイヤルするよって言ったらあっさり、ごめん、って。ごめんじゃねーよ、だよね」

お酒が飲めない李花ちゃんは、烏龍茶を流し込むみたいに飲んだ。李花ちゃんのお薦めのパイナップルのチャーハンはほんとうにおいしくて後藤さんが来るまでに三人で食べてしまい、もう一皿頼んでそれももう半分ぐらいになっている。

「ひどい話やなあ」

しょうちゃんはビールを片手にときどき感想を言うけれど、どちらかというと李花ちゃんの勢いに押されておとなしくなっている。

「それからいろいろ突っ込んだらぼろぼろ言い出してさ。やっぱりおじさんはだめだよ。ずるいんだよね、四十五なんて汚れてるんだよ」

「おいおい、そんなん言うなよ。おれ、来月で四十代突入やねんから」

最後の一本が残っていた生春巻きにかぶりついた会社帰りの後藤さんは、李花ちゃんが勤めていたころは営業所の中でいちばん仲が良かった。

「後藤さんはそうならなければいいって話だよ。そういうのとつき合ったわたしが悪いってことなんだし」

「でも、女癖悪そうには見えなかったなあ。温厚っていうか……。最初にテレビ局の広報とか離婚してるとか聞いたときは、いかにも業界人な調子のいい人想像してたんだけど、そういう感じしなくてちょっとぼんやりしてそうな、いい意味でだけど」

わたしは三本目のタイガービールを飲み干して、春にちらっと会った石澤さんのことを思い出そうとした。丸い感じの眼鏡をかけていて服装もチノパンにチェックのシャツみたいな、サラリーマンの日曜日によくありそうな組み合わせだった。特に顔がいいこともなく、たいていの人に「いい人そう、やさしそう」と言われそう、というのが第一印象だった。

「おれも一回会うてみたかったわ」

「会わせなくてよかったよ。わたしみたいな、バラエティ番組のうしろで映るか映らないかのアシスタントやってるようなのがテレビの広報の四十五でバツ二とつき合ってるなんて、聞いただけだといかにもばかっぽい響きだと思ってたけどさ、やっぱりばかだったたって感じ。わたしと石澤さんは違う、とかって思っちゃってたんだけど、まあ、そのまんまだったってことだよね」

李花ちゃんは愚痴を言いつつも、空いたお皿を重ね、後藤さんのグラスに瓶のビールを注ぎ、パイナップルチャーハンを小皿に取り分けた。二つ年上だし会社に入ったときから先輩だったたっていうのもあるけれど、こういうとき、なんとなく、わたしにも姉っていう存在がいたら楽しかったかなと思う。

「まだ二十七やしな、そんなおっさんとつき合うことないわ。四十五いうたら、うちの所長と変わらんやないか」

後藤さんはメニューを広げ、次の飲み物の見当をつけ始めた。飲んだ分だけ顔に出るので、もう顔も腕もピンク色になっている。無理矢理取り付けた透明の波板の軒下には、クリスマスツリーにつけるような七色の電飾が点滅している。相変わらずぬるい風がたまに吹く程度なのにあんまり蒸し暑さを感じないのは、その光のせいかもしれない。

「そうそう。なんかすっきりした感じもするもん。結婚っていうのもなさそうだったし、正直どうかなとは思ってたから。……所長、元気？」

「ああもう、相変わらず声もでかいし暑苦しいてしゃあないわ。李花ちゃんのこと、あっちこっちに自慢してんで。前おった子が女優になったたって」

「なんで所長が自慢するの？　わたしが辞めるときには、世の中そんな甘いもんじゃないとかって説教したくせに。ま、二十五で女優になるとか言い出したら、そりゃどうかしてると思うだろうけど」

李花ちゃんは、二時間ドラマで犯人の愛人とか嫌味な先輩とか、そういう脇役をやる女優になりたいとずっと思っていたみたいで、二年前に会社を辞めて俳優の養成所に入った。

「言いたがりやねん。勘弁《かんべん》したって」

「休暇届出すのに東京行くって言ったら、うちの部長にも言われたよ、あの女優さんになった子に会うんか、って。おっちゃんはそういうの好きなんだよ」

「別にいいけどね。恥ずかしいじゃん、女優なんて。そんな出てないし」

「がんばってえや。おれも自慢するから」

しなくていいよ、と李花ちゃんが後藤さんの腕を軽く叩いた。

「じゃあ、おれが写真集撮影するで」

しょうちゃんがわざとらしくカメラを構える格好をした。

「だーかーらぁ、わたしはそういうんじゃないんだってば」

李花ちゃんの甘えたような言い方がいつもよりもはしゃいでいるみたいで、石澤さんと別れて二時間ほどしか経っていなくて、しかも二股か三股が発覚してという かなり厳しい状況だったから、カラ元気かなという気もした。でも、李花ちゃんだったら、ほんとうに石澤さんに愛想を尽かしてさっぱりしているのかもしれないとも思った。後藤さんが、ガラス窓越しに店員さんを呼んだ。たぶん日本人じゃない女の子がドアを開けると、古いガラスがガしゃんと音を立て、冷たい空気が流れるのと同時に、満席の店内のたくさんの人の話し声と音楽と店員さんが厨房《ちゅうぼう》に掛ける声と食器のぶつかり合う音がわっと響いてきた。後藤さんは、別の銘柄のビールを注文し、店員さんが後ろ手にドアを閉めると、音は半分ぐらいに減った。

ドアのすぐそばの席には大学生ぐらいのカップルがいて、まだ着いたばかりなのかテーブルにはお水のグラスしかなくて、メニューを広げて指差しながら迷っている。少し前にはもう満腹だと思っていたけれど、またなにか食べたくなってきて、その奥のテーブルに載っている料理を見ようとしたら、すぐ近くで麺をすすっていた男の人と目が合った。

「わたしトイレ行ってくる」

テーブルと壁の狭い隙間でなんとか椅子をずらして立ち上がった。そんなに酔っていないつもりだったのに、少しふらついた。

「梅酒頼んどいて」

わたしはしょうちゃんにそう言うと、携帯電話を持って立て付けの悪いドアを開けた。

鳴海くんにメールを送ってから、便座に座ると、目の前の洗面台に置いた携帯電話が鳴り響いた。絶対鳴海くんだと思って電話を取りたかったけれど、用を足している途中に話すのはあんまりよくないと思ったし、だいたい手が届かない。早くすませたかったけれど、ビールをだいぶ飲んでいたうえにずっと我慢していたのでなかなか終わってくれなかった。

やっと手を洗って、とっくに切れた電話を開けて着信履歴を確かめるとやっぱり鳴海くんで、すぐにかけ直したけれど呼び出し音が鳴るだけで留守電にもならない。お店の中よりも随分暗い、山吹色の照明の小さな空間で、携帯電話を耳に当てている自分の顔が、楕円形の鏡に映っていた。わたしはお酒を飲んでも顔が全然赤くならない。

もう一度かけ直しながら、高校のとき、鳴海くんと電話でしゃべったことを思い出した。話し出してすぐに、水が流れる音が聞こえたので、なんの音、と聞いたら、ごめん、と言われた。バイトから家に帰ってきたところで、どうしても行きたかったらしい。わたしはげらげら笑って、電話切ってから行きいや、と言ったら、さびしいやろ、と鳴海くんは答えた。あのとき、ほかになにを話したのかほとんど覚えていないのはなんでなんやろう、と思いながら呼び出し音が続く電話をあきらめて切った。

ドアを叩く音がして、慌ててノックを返すと、なんとなくもう一度手を洗って鏡で自分の顔を確かめた。少しも赤くなっていなかった。

クーラーで冷やされた体でベランダに戻ると、生温かい空気が肌を撫でた。しょうちゃんが先月買ったばかりの一眼レフのデジタルカメラを、テーブルの上に出していた。自分の仕事を説明していたらしい。そのカメラを見るのはわたしも初めてだった。李花ちゃんも落ち着いてきたし、少し人見知りのところがあるしょうちゃんは後藤さんにも慣れてきたのかもしれない。

「仁藤《にとう》さんがいつも東京で泊めてもらうって言うてた男友だちって、彼やったんや」

後藤さんがわたしとしょうちゃんの顔を交互に見比べた。

「そうです。大学の写真部でいっしょで」

「ふーん。確かに、泊まっても大丈夫そうな顔してはるなあ」

後藤さんは、しょうちゃんのカメラにも目をやりながら、またえびせんを囓った。

「どういう意味ですか、それ」

「いやあ、男の家に泊まってなんもないって、おれは若いからまだわかるけど、仁藤さんとこの部長やったら絶対信じへんと思うで」

わざとからかうような言い方を、後藤さんはした。

「なんもないっすよ。ふつーに友だち」

お皿に少し残っていたパイナップルチャーハンを小皿に移しながら、しょうちゃんが答えた。横で李花ちゃんが、もう一つ頼んだからね、と言った。

「まあ、仁藤さんもあんまり色気ないほうやもんな」

「後藤さんってすぐそういうこと言うんだよねえ」

李花ちゃんがわたしの腕を取って、同意を求めた。後藤さんは空芯菜《くうしんさい》の炒めたのを口へ運んだ。

「いや、おれはいい意味で言うてんねんで。なんかこう、べたっとした感じがないやん」

「有麻ちゃんは、わたしなんかよりよっぽど女の子っぽいと思うけどな」

「あー、でもね、わたしよく言われるよ、女の子としゃべってる感じがしないとか。しょうちゃんじゃなくても、一晩二人っきりでも全然なんもないタイプ。なんか足りないのかな」

そうじゃないのは、鳴海くんだけかもしれない。梅酒は甘くて冷たかった。後藤さんは四本目のビールも空にして、納得したように頷いていた。

「しょうちゃんもそう思うやろ?」

びっくりするくらい赤い腕で、後藤さんは馴れ馴れしくしょうちゃんの肩を叩いた。いつの間にか、斜め向かいのビルは明かりが消えて真っ暗になっている。

「うーん、なんていうか……」

しょうちゃんは遠慮気味に後藤さんとわたしを見比べた。

「有麻ちゃんは、警戒してるねん。そうならんようにって、ずっと距離を取ってるんやと思う」

「そう?　自分では全然そんなこと思ってないで。なんかあってもいいのにとか思うこともあるぐらい」

唐突に音を立ててドアが開き、さっきと同じ女の子が三皿目のパイナップルのチャーハンと魚の唐揚げを、ほかのお皿の隙間に押し込むように置いた。後藤さんがまた頼んだビールをメモして、彼女がドアを閉めると、さっきよりも静かになった気がした。料理に向けた視線をわたしに戻し、しょうちゃんが言った。

「自分では気がついてないかもしらんけど、たぶん」

「そうかなあ」

「同性だとそういうのはわかんないからなー。でも、そうなのかも。有麻ちゃん、べつに男っぽいとかではないもん、全然」

李花ちゃんは、パイナップルを多めに取ってチャーハンを自分の小皿に移した。

「ほんと？　李花ちゃんにそう言ってもらうとちょっと安心」

「わたしのほうが色気足りなくて困ってるよ。仕事場でもよく、中身は男だとか言われるもん」

「えー、そう言う人はわかってないんだよ」

李花ちゃんの細い肩や大きい目を羨《うらや》ましいと思っていると、後藤さんが口を挟んだ。

「前から思っとったんやけど、仁藤さんの、それはなんや、そのしゃべりかたは」

「なにがですか」

「なんで李花ちゃんのしゃべりかた真似するねん。気持ち悪いわ。大阪弁しゃべりいな」

後藤さんはもうこれ以上ならないくらい赤かったし、舌も回らなくなってきていた。

「わたし、だめなんですよ。相手に合わせてまうんです。大阪弁じゃない人に大阪弁で通せないです」

「ようそんな使い分けられんなあ。二重人格ちゃうか」

「ぼくも仕事場では標準語っすよ。もう慣れました」

しょうちゃんも速いペースでビールを飲み込んでいるけれど、わたしと同じで顔色は変わらない。そこが困ったところなんだけど。

ビールが運ばれてきて、後藤さんは早速自分としょうちゃんのグラスに注ぎ分けた。

「裏切り者やわ、自分ら」

もう東京に住んで二十年になる後藤さんが、芝居がかった動作でわたしとしょうちゃんを指差したら、横から李花ちゃんが言った。

「後藤さんも電話のときは別人じゃん。すごいまじめな人みたい」

「うんうん。わたし、最初は電話でしか知らなかったから、すっごい礼儀正しくて気の弱い人かと思ってて、会ったときはびっくりした」

「それなあ、よう言われるけど、なんなん？　そんなに変か？　電話のおれ」

後藤さんは急にまじめな顔になって、ほんとうに答えを聞きたそうだった。下の道路を歩く人たちの、大きな笑い声が反響して聞こえてきた。車輪が地面をこする音も聞こえるけれど、スケートボードなのか台車なのか、それともわたしが渋谷のロッカーに入れてきたみたいなキャリーバッグなのかわからない。

「ほんまに普通にしゃべってるつもりなんですか？　丁寧すぎるぐらい丁寧ですよ、わたしにも。先日は大変お世話になりました、仁藤さんもまた東京にぜひお越しくださいませ、って」

「うそ」

「うそちゃいますよ。こないだなんか、そちらの部長に仰せつかっております報告書の件ですが、って言い出すから、笑ってしゃべられへんようになったやないですか」

「あははは、なにそれ。わたしもよく横で電話聞いてて笑ってた。そうでございます、とか言ってんの、相手は製造部の高校出たばっかかの子なのに」

笑って途切れ途切れになりながら李花ちゃんが言うと、後藤さんはむきになってグラスのビールをこぼしそうになった。

「言うてへんよ。おれがそんなこと言うわけないやろ」

「まじで自分ではわかんないの？　変なの」

「今度電話録音して聞かせてあげたいよね」

「いらんことせんでええ」

後藤さんはほとんど拗《す》ねてしまった感じで、椅子にだらんともたれた。しょうちゃんが最後の一枚のえびせんをわたしの小皿に置いた。

「おれにも聞かせてえや」

「うん。すごいおもしろいんだよ。……あ、間違えた」

わたしも酔いが回っているので、しょうちゃんに普段と違うしゃべり方をしたというだけですごく恥ずかしいことを言ってしまったように思え、照れ隠しに梅酒に口を付けると、後藤さんがまた元気になった。

「ほら、調子乗ってるからや。人のことばっかり言うて」

「いやー、絶対、後藤さんのほうが変だって。有麻ちゃん、ほんとに録音してよ」

「わかった。それで後藤さんに聞いてもらう」

「なんやねん、もう仁藤さんとこには電話せえへんわ」

「じゃあ、東京営業所の誰かに頼みます。ねえ、李花ちゃん、自分で聞いたら絶対びっくりするよね、誰やねんって」

今度は別の混乱の仕方をして、聞いたことのないアクセントで「誰やねん」を言ってしまった。後藤さんが大げさに笑った。

「自分が誰やねんや、なりたての関西人みたいな言葉しゃべって」

「うん、なんかようわからんようになってきた」

わたしは梅酒を飲み干した。

「それにしても、仁藤さん、一週間も休み取って、ディズニーランドとか行くわけでもないんやろ。よう東京来てるけど、なにがそんなにおもろいねん？」

後藤さんのビールの瓶はもう空になっていた。動きの鈍くなっている頭でちょっと考えを巡らせて、わたしは答えた。

「うーん。東京には家がないから」

「なんやそれ。いい年して、家出娘か」

横で笑っているしょうちゃんは、たくさん飲んでいるけれど今日は大丈夫そうだった。李花ちゃんは、パイナップルチャーハンの残りを全部自分のお皿に移した。

結局閉店までその店にいた。ベランダの外には明るい夜の空気が広がっていた。光が溢れている街の曇りの夜空は、全体が白くぼんやり発光しているみたいで安心する。

火曜日

明け方に弱い雨が降ったらしく、一方通行の道路の隅はまだ湿っていた。しょうちゃんは玄関の鍵を閉めかけて、何か忘れ物をしたらしく、一度戻ってまた出てきた。

アパートの外階段の上のところで、わたしは携帯電話の画面に並ぶ鳴海くんからのメールの文字を見ていた。

まだわかんないけど、明日の夕方一回家に帰るよ。あんまり時間ないと思うけど。またメールします。

「お待たせ。行こか」

機材の入った重そうな黒いカメラバッグを二つ、肩からかけたしょうちゃんが、わたしの手元を覗くふりをした。

「会えそうなん？」

一歩降りるたびにかんかんと高い音が響く簡単な造りの階段を降りながら、しょうちゃんが聞く。日当たりの悪い一階に下りるとまだ涼しさがあって、隣の家の玄関脇の植え込みから、土と緑の匂いがした。

「どうやろ。仕事忙しいみたい。……メール、こんなんやねんけど。よそよそしくない？」

薄いピンク色の自転車を出してきて荷台に鞄の一つをくりつけたしょうちゃんに、わたしは文面を見せた。写真スタジオまでしょうちゃんは原付バイクで通っていたのだけれど、一か月前に単独で電柱につっこんで廃車になった。怪我は擦り傷と打ち身だけだった。

「後藤さんやったっけ？　会社の人。ああいう、電話とかメールのときだけ言葉が違う人なんちゃうの？」

「だって……、鳴海くんじゃないみたいやねんもん」

「自分も昨日変なしゃべりかたしてたやん」

自転車を押して歩きつつ、しょうちゃんは笑った。方向は逆だけれど駅まで送ってくれるらしい。

緩やかな坂道を下ると、中途半端な角度の三叉路《さんさろ》に出て左に曲がった。角に面した家はどれも塀に囲まれたそれなりの敷地のある家ばかりで、特別に設計された形も多かった。

「このへんはお金持ちばっかりなんかな？」

「なんでこんなとこにこんなぼろアパートがって感じやろ、おれんち」

でも周りをよく見ると、しょうちゃんが住んでいるみたいな二階建ての古いアパートや昔からあるような軒の低い家もときどきあった。信号待ちでしょうちゃんが言った。

「長いこと会ってへんから、変わってもうてるかも、みたいな？」

片側二車線の道路に出ると、交通量も多いし急にうるさくなった。隣に立っているスカートの短い制服の女子高生は、道端で使うにしては大きい鏡を開けて前髪を右へやったり左へやったりしている。

「めっちゃ太ってて誰かわかれへんって言うてた、徹生が」

「ほんまに？　ほんなら会わんほうがええんちゃう？」

「ちょっとそんな気もしたりして」

信号を渡りきったところには、昔からあるらしい色あせたテントの庇《ひさし》がついた酒屋があって、おじさんがビールケースを台車に積んでいるところで、空き瓶の音が不安定なリズムで鳴っている。

「鳴海くんて、あれやろ？　前に言うてた、有麻ちゃんのことセックスフレンドやって言うた人」

「違うって。やっぱり、あんな話せえへんかったらよかった。しょうちゃんやから言うたのに」

「ごめんごめん。なんやったっけ？　でも、セックスフレンドって思ってたんやろ」

斜め前を歩く女子高生がちらっと振り返った。ルーシー・リューに似ていた。

「心理テストのゲームみたいなんで、わたしのことをセックスフレンドって思ってるって結果が出て、納得してた」

「それそれ。ほんで、有麻ちゃんもセックスフレンドって思ってたって？」

しょうちゃんはおもしろがって同じ単語を繰り返した。自転車の鍵に付けているキーホルダーが車輪に当たって、硬い音が鳴った。

「だからぁ、その一言に集約してもうたら違うねんって。セックスフレンドって言われたら、それもそうかなー、って感じ」

「けど、やってないんやろ」

「手も握ってない。わたし、鳴海くんの彼女と結構仲良かったし」

その彼女とは卒業以来一度も会っていなくて、思い出したこともたぶんほとんどない。卒業してから別れたっていうのは、徹生に聞いた。

「じゃあなんでそう思うの？」

「しょうちゃんは、そういうのない？　わたしも人に聞いてみたいねん。誰かに対して、そんなん思うことある？　好きとか、そういうんじゃなくて」

「そら、やってみたい、みたいなんは誰でもあるんちゃう？　男でも女でも。有麻ちゃんがそういうこと言うのは意外やったけど」

しょうちゃんはTシャツの首のうしろのところを右手で掻いた。しょうちゃんとこんな話したことなかったなと思った。女子高生は歩くのが速くて、どんどん距離があいていく。遅刻しそうなのかもしれない、と思ってから、普通に考えたらもう学校は始まっている時間だと気づいた。

「……いや、それもなんか、ちゃうねん。うまいこと言われへんねんけどさ。全然ちゃうこともないけど、それだけでもない」

「ふーん。わからへんなあ。その、鳴海くんに会うたら、わかるんかも知らんけど」

小さなコンビニエンスストアのある角を曲がると、商店街に出たけれど、九時前だから開いているのは喫茶店ぐらいだった。等間隔の街灯からぶらさがっている商店街の名前が入った黄色い旗が、駅までの道案内みたいだった。

「なんて言うたらええんかなあ。うーん、動物っぽい勘？　かっこいいとかつき合いたいとかいう気持ちでは全然なくて、なんとなく、鳴海くんといっしょにおるときは、生き物っぽい感触がするねん」

「余計わからん」

「そらそやな」

わたしはもうそれ以上説明しようと思わなかった。誰かに話そうとするとどんどん感じていることからは遠ざかってしまう。鳴海くんのことはいつもそうかもしれない。

「有麻ちゃんはぁ、鳴海くんに会ってどうしたいの？　セックスフレンドになりたいってことはないやろ？」

「ないない」

反射的に言ってから、ほんまにそうなんかな、と思った。周りを歩く人がだんだん増えてきた。そんなに遠くないところから、電車の走る音が聞こえてきた。

「たぶん、あの気持ちはなんやったんやろって、気になってるだけ」

わたしはわざと愛想なく言った。そんなに幅の広くない道にはぞろぞろと集まってくるように人がいて、みんな駅を目指していて背中ばかりが見える。こっちに向かってくる人はいない、と思った瞬間に写真を撮りたくなってカメラを出そうかと思ったけれどやめた。湿った灰色と黄色がきれいだった。しょうちゃんも進む先をぼんやり見ていて、そのままぼそっと言った。

「向こうも、それなりになんか思ってたと思うで、そら」

「そうかな」

「完全に全部勘違いってこともあるやろけど、普通はそういうのって、お互いわかってるんちゃうん？　まあ、おれの場合、全然通じてなかったみたいやけど」

しょうちゃんは先月失恋した。会ったことはないけれど写真で見る限りかわいかった。つき合って四か月で別の人とつき合うと言われたらしい。電話でも何回も聞いたし、昨日のベトナム料理屋からの帰り道でも、繰り返し言っていた。

「祥次くんはわたしのことなんにもわかってない、って。そんなこと言われてもなあ、なにをどうわかってたらよかってんって思うやん？　逆にこっちが聞きたいわ、つき合ってた四か月はどう思っててん、て」

しょうちゃんからは聞いていないけれど、実際に彼女にそう言われたときは、怒ったり文句を言ったりしないですんなりわかったと言って、それからたぶんしょうちゃんのほうがごめんと謝ったりしてしまったんだろうというのも想像がついている。

「それはもう十八回ぐらい聞いた」

「ああ、ごめん。でも、そんなこと、どうやって確かめたらええねん、って思わへん？　納得いかへんねん、そこだけは。他はもうええけど」

「納得もなんもないって、終わった、それだけ」

わたしが笑うとしょうちゃんは、それもわかってるけどな、と言い、ちょうど駅に着いたので話はそこまでになった。東急東横線の各駅停車しか停まらない駅の小さな改札口は、混雑していて自動改札の機械の音があいだをあけないで響いていた。

「今日はどこ行くの？」

「とりあえず、上野行って展覧会見て、そのあとはどこ行こうかなあ」

「ま、気ぃつけて」

手を振るとしょうちゃんは自転車にまたがって歩いてきたのとは違う道に向けて走っていった。駅に向かって急いできた何人かの人が、邪魔そうな顔をしてしょうちゃんのピンクの自転車をよけた。

高校三年になる前の春休みに修学旅行があって、三泊四日で信州のスキー場に行った。今でも、あのスキー場がどこにあったのか知らない。民家も見あたらないような山奥のホテルは貸し切りで、他のお客さんはいなかった。

二日目の夜、天気が悪いから星座の観測会がなくなって、晩ごはんのあと三時間ぐらい自由時間になり、同じ部屋の女子五人で同じクラスの仲の良かった男子の部屋に行って遊んでいた。部屋にはいると、消毒用アルコールの匂いがした。窓際の丸いテーブルに安物のウオツカの瓶が栓を開けて置いてあった。

「誰やねん、こんなん持ってきたん。病院臭いわ。責任取って飲めよ」と、別の部屋から遊びに来た男の子が言ったけれど、結局そのまま誰も触らなかったと思う。

二段ベッドを無理矢理二つも入れた、修学旅行仕様の狭い部屋に、十人ぐらいが出たり入ったりしていて、わたしは右側の二段ベッドの下の段に入り込んで、女の子三人でチョコレートやポテトチップスを食べながらしゃべっていた。向かいのベッドの下の段とそのあいだに置かれた椅子に腰掛けていた五人ぐらいが、心理テストのゲームを始めた。若い男女が集まったらこういうので遊びましょう、という感じで書かれた小さい本を誰かが持ってきていた。外は雪が一メートル以上積もっていたけれど、寒かったっていう記憶は全然ない。

鳴海くんは向かいの二段ベッドのいちばん奥に座っていて、積極的に参加しているのではなくてただ横で聞いているだけみたいだった。眠そうだった。

わたしは女の子たちとしゃべりながらも、なんとなくそっちの会話も耳に入っていた。そのうちに、何色で誰を思い浮かべるかという、定番の問題を美菜ちゃんが読み始めた。美菜ちゃんは二年の秋から鳴海くんとつき合っていた。

「じゃあ、黄色は？」

「佐川」

それまで答えなかったから、と周りに言われて、その質問には鳴海くんだけが答えていた。興味なさそうに、あんまり迷わないでぽんぽんと名前を言っていた。

「仁藤《にとう》」

わたしの名前を言ったのが聞こえたけれど、何色で言ったのかわからなかった。しばらくして、答え合わせが始まった。黄色はあほやと思ってる人、みたいな単純なことで、でも修学旅行の夜の急にできた自由時間だから、みんなそれだけのことでも大笑いしたりあほと言われた佐川さんがむきになって反論したりしていた。鳴海くんも目が覚めてきたみたいで、佐川さんには適当に謝っていた。

「次は、仁藤さんやろ。えーっと」

その声でわたしは顔を上げて、鳴海くんを見た。その場にいる他の人はわたしを見た。美菜ちゃんがページをめくって答えを確かめ、少し間を置いてから言った。

「セックスフレンド、やって」

さっきまで素早い反応を示していた男の子たちより先に、鳴海くんが言った。

「あー、わかる。そんな気ぃするわ」

そのときわたしは、ああ、やっぱり思ってることはバレるねんな、と思った。戸惑ったりどきどきしたりはしなかった。

鳴海くんはわたしを見ていて、ということはわたしも鳴海くんを見ていたのだけ

れど、にやっと笑って見せた。美菜ちゃんの横に座っていた男の子が、

「いや、岩井、ここは笑い取るとこ、オチやから、なんかひねれよ」

と、遅れたつっこみを入れかけたところに、部屋のドアが勢いよく開いた。

「相原が酔っぱらってタイツかぶって裸踊りしてめっちゃおもろい」

ほとんど転がり込むようにして入ってきた同じクラスの遠藤くんが、笑いすぎて息切れしながらそう言うと、他のみんなもいっせいに爆笑して遠藤くんの部屋へ、教室ではほとんどしゃべったことのない童顔の相原くんの裸踊りを見に行った。部屋を出るとき、美菜ちゃんが一度だけわたしの顔を見た。鳴海くんはいちばん先に走り出して、とっくに部屋を出ていた。

結局、鳴海くんがわたしを思い浮かべたのが何色だったのか、わからなかった。


上野から新宿へ行くのに、最短距離じゃないかもしれないけれど時間はあるし景色が好きだから北側を回る山手線に乗って、右側のドアのそばにもたれて外を見ていた。お昼過ぎの中途半端な時間のせいか車内はそんなに込んではいなくて、その分冷房が効いていて少し寒かった。西日暮里を過ぎると、右側はほとんど崖といっていい斜面を見上げる格好になる。崖の上には緑の木々といくつかの一戸建てが見える。いつもこの景色を見ると、東京じゃなくて大学のときに毎年夏に写真部で行

っていた和歌山とか、もっと前に海水浴に行った若狭とか、そういう山がちなところにいる気がしてしまうんだけれど、反対側を見ると線路と高架が何本も並行して走っていてその向こうに雑居ビルとかマンションとかがぎっしり詰まった街が広がっていて、こんなに右と左の景色が違うところも珍しいと思う。ドアのガラスに額をくっつけるようにして、ゆっくりと過ぎていくように見える斜面にへばりつくように何本かある階段や近所の人が作っているらしい花壇を見た。まだらに黒く変色したコンクリートの斜面のところどころにも、植物がくっついていた。崖の上に行けばあの階段に降りる道を見つけられるかもしれない。次の駅で降りて探してもいいけど、たぶん今は降りない。階段の手すりの青いペンキは剝げていて、あの辺を写真に撮りたいと思ったけれど、どんどん遠ざかっていくばかりだった。わたしは右手に握っていたコンパクトカメラを、ガラスにくっつけて構えてファインダーを覗いた。大学で最初の夏休みのバイト代で買ったTC―1の小さな覗き窓の中を、とても滑らかに、崖も階段も家も右から左へ流れていく。フレームにまた錆びた階段が入ったところでシャッターを切ってカメラを下ろすと、向かいに立っていた黒いスーツを着た女の人が、じっとわたしを見ていた。

しょうちゃんの部屋は、雑誌のインテリア特集みたいなのに載っていそうなくらいきれいに片付いていていつも感心する。台所の小さいテーブルの上では、外国のミネラルウォーターの瓶に葉の小さい蔦が挿してある。

「先週もね、同じ番組に出てる女の子が、銀座で石澤さんが別の子と歩いてるの見たよって言ってたんだよね」

李花ちゃんはベッドを背もたれにして座り、オレンジジュースの入ったコップとティッシュを握りしめている。まだ涙は止まらない。

「でも別に歩くぐらい、どうこう思いたくないじゃない」

ベランダに面した掃き出し窓から夜風が吹いてくる。昨日より随分と涼しくて、特に日が暮れてからはクーラーをつけなくても全然平気だった。水色のカーテンがときどき思い出したように揺れて、外の闇が見える。

「仕事かもしれないしね」

わたしはちゃぶ台を挟んで台所との境のガラス戸にもたれて座り、ルイボス茶を飲んでいた。しょうちゃんの部屋にはいろんな種類のお茶がある。李花ちゃんは顔を上げて、わたしを見た。今日は化粧もほとんどしていない。

「ううん。違う。そういう人だって知ってた、ほんとは」

李花ちゃんは一時間ぐらい前から同じようなことを繰り返して言い続けている。

「でも、自分だけは特別だとか、もっとばかなことだけど正直に言うと、自分とつき合って変わったんじゃないかとかさー、ほんと今は言ってるだけで恥ずかしい感じだけどね」

「好きになったら、思うよ、たいていは」

「思うけど、やっぱりそれって、勝手に思ってただけなんだよ」

李花ちゃんはそこでまた鼻声になって新たにティッシュを取って目に当てた。手元に置いたごみ箱はすでに白い山ができている。李花ちゃんがこんなに泣くとは思わなかった、というか、泣いているところも初めて見た。

「なんか、食べる?」

すすり上げている李花ちゃんに聞いてみたら、目を押さえたまま小さく頷いたので、わたしは立ち上がって冷蔵庫を開けた。適度に隙間があって整頓された冷蔵庫の中には、しょうちゃんが買ってきたフランスのチーズがまだ半分残っていたので、横の棚からクラコットとお皿を出した。しょうちゃんちはなんでもどこにあるかすぐにわかるから助かる。肝心のしょうちゃんが帰ってこなくても。

チーズと新しく入れたジャスミンティーをちゃぶ台に並べると、李花ちゃんはやっとここがしょうちゃんの部屋だって思い出したみたいに言った。

「しょうちゃん、どこまで行ったんだろうね」

「さあ? まあ、いつものことだから。朝まで帰ってこないかも」

お酒が一定の量を超えると、しょうちゃんは行方不明になったり人の物を持って帰ってきたり安請《やすう》け合いしたりする。そして、いつもその部分の記憶はない。七時ごろ李花ちゃんが来て、ごはんを食べながら飲んでいたんだけれど、お酒を買ってくると言って出て行ったきり、もう二時間になる。

「いいねえ、お酒飲めるって」

お酒が弱い李花ちゃんはやっと涙が止まって、チーズをクラコットの上に載せて囓った。

「ちょっと心配だけどね」

「でも、しょうちゃんは、優しいからいいよね。浮気とか二股とか絶対しなさそう」

李花ちゃんは六畳の部屋を見回した。古い木造アパートだけれど、それに合うようにどこで見つけてくるのか、何十年か前の磨りガラスに模様の入った戸棚とか薄緑のペンキを塗った机とかを置いてあって、味があっていい建物のように見える。そういうのを褒めるといつもしょうちゃんは、かわいいやろ、と言う。

「ないと思うよ。でも、それは優しいっていうより、ややこしいのがいやなんじゃないかな」

浮気する人ってマメやねん、そういうことにはエネルギーを注げるねん、と同じ部署の今年三十になる先輩が言っていたのを思い出した。李花ちゃんは、ジャスミンティーの湯気を顔に当てていた。

「わたし、今度はしょうちゃんみたいな人とつき合いたいなあ」

「そう?　まあ、そしたらわたしもいっしょに遊べて楽しいけど。しょうちゃんは李花ちゃんのことかわいいかわいいって言ってるし」

「んー」

つき合いたいとか言ったわりには、李花ちゃんは曖昧な返事をし、雑誌のバックナンバーがきちんと順番に並んだ棚のあたりをぼんやりと見ていた。写真関係と、ゆっくりした生活を大切にする感じの雑誌が二種類あった。その上の壁には、しょうちゃんが撮った写真が四つ切りサイズでフレームに入って掛かっている。砂浜に雨が降っている写真だった。

「でもしょうちゃんは、優柔不断っていうか、気が弱いとこがあるから、李花ちゃんは怒っちゃったりするかも」

「そうなんだよねえ。友だちの旦那さんもすっごい優しい人で羨ましいなって思うんだけどさ、じゃあ自分がその人とつき合ってうまくいくかっていうとそうじゃないし。結局、わたしが見る目ないんだよね」

李花ちゃんの目からまた涙が落ちた。きれいな二重の目が腫《は》れて一重になりかかっている。

「そんなことないって。たまたまハズレだっただけで」

「ハズレかあ……。要するにさあ、石澤さんはわたしのことをそんなに好きじゃなかったんだよ」

ティッシュが引き抜かれて、ごみ箱の山が大きくなる。今までに自分が泣いて友だちに慰められた場面を思い出そうとしてみるけれど、うまく言葉が出てこない。春に会ったときの様子ではわたしも石澤さんは李花ちゃんのことをすごく好きなんだと思っていて、だからわたしも悲しい気持ちだったし、でも、石澤さんが本当にどう思っていたか、李花ちゃんから話を聞いているだけなのでわからないとも思う。

「ほんとはね、来週温泉行く約束してたんだ。栃木のほうの。楽しみにしてたのに」

李花ちゃんは、何を思い出しても泣く回路から戻れないらしく、涙と鼻が止まらなくなった。

「ティッシュ、痛い。肌が荒れる」

泣きながら李花ちゃんが言うので、わたしは押入れからタオルを出して渡した。ありがとう、と李花ちゃんはそのタオルで鼻を拭《ふ》いた。玄関のドアを叩く音がした。

「ただいま」

鍵を開けると、しょうちゃんが楽しそうな笑顔で入ってきて、コンビニエンスストアで買い物したらしい袋を二つわたしに渡しながら、スニーカーを脱いだ。途中で雨に降られたのか、シャツが少し湿っている。

「どこ行ってたん?」

「うーん、東京駅。新幹線、かわいかった」

「山手線で済んだんや」

しょうちゃんは飲んで行方不明になることがよくあって、大学のときの最長記録は大阪から岐阜羽島、先月も新宿から鎌倉まで行ったって聞いていたので、とりあえず今日のうちに帰ってきてくれてよかった。

「なんや、その言い方ぁ。お土産買うてきたったのに」

袋の中身を見ると、缶チューハイが五本入っていた。三本は空だった。もう一つの袋には、『週刊少年ジャンプ』が三冊入っていた。全部、同じの。

「あれ、李花ちゃん、どうしたん?」

「悲しいの」

李花ちゃんは腫れた目でしょうちゃんを見上げた。しょうちゃんはしゃがんで、李花ちゃんの頭を撫でた。素面《しらふ》だったらそんなことは絶対にしない。

「李花ちゃんが悲しかったら、おれも悲しいわ。大丈夫?」

「大丈夫」

「そう？　じゃあ、悪いけど、もう寝てもいい？　眠たいねん」

「うん、いいよ」

李花ちゃんが頷《うなず》くと、しょうちゃんはさっさとベッドに横になった。しばらくじっとしていたけれど、突然、起きあがってジーパンのポケットを前も後ろも探った。

「財布ない。どうしよう」

「ここにあるでー」

三冊のジャンプの下に入っていた見慣れた茶色い革の財布を持ち上げてみせると、しょうちゃんは、よかったー、と笑顔を見せ、すぐにぱたっとベッドに倒れるように転がった。

「わたしも寝ようかな。ねえ、しょうちゃん、ちょっとそっち寄ってよ」

李花ちゃんはしょうちゃんの背中を手でぐいっと押し、できたスペースに丸くなった。

「おやすみ」

それだけ言うと、李花ちゃんは動かなくなった。しょうちゃんも全然動かない。

わたしは、台所に置いてある緑色のスツールに座って、しょうちゃんが持って帰ってきた缶チューハイを探り、グレープフルーツがよかったのに飲まれているから巨峰のを開けて飲んだ。ぬるかった。

ほんとうに二人とも眠ってしまったみたいで、巨峰チューハイを飲み干してしまっても、全然動かないで静かな寝息だけが聞こえた。仕方がないので、TC—1を出してきて、二人が眠っているのが入るように、部屋の中を動き回って写真に収めた。ストロボが光ってもちゃぶ台を蹴ってしまっても、しょうちゃんも李花ちゃんもなんの反応もなくて、その横たわった二つの体を小さな覗き穴から見ていると、もし逆に自分がこうやって眠っているところを全く知らない間に撮られた写真をあとで見せられたら、どういうふうに見えるだろうと思った。自分には記憶がないから、ないのと同じ時間に存在している自分が、寝っ転がっている写真。明日、しょうちゃんに頼んで撮ってもらおうか、と考えているうちに二十枚ぐらい撮っていて、そこでフィルムがなくなった。

肌寒いくらいだったので窓を閉めた。鳴海くんから電話がかかってきた。

水曜日

目黒の駅前でバスの行き先案内を眺めて、前にしょうちゃんが住んでいた三軒茶屋行きのバスに乗ってみた。東京にいるときに時間があいたら、適当にバスに乗る。終点まで乗ってそこからまた別のバスに乗るか、たいていは電車の駅でもあるから電車に乗ってもいい。とりあえず乗れば、行きたいところにも、行きたいと思ってもみなかった知らないところにも、連れて行ってもらえる。

バスは座席が埋まるか埋まらないかという人数のお客さんが乗っていて、途中で乗る人や降りる人がいてもずっとそのくらいだった。真ん中の降車ドアのすぐうしろの座席に座って、わたしはカメラを握っていたけれど、構えずに、バスの中を見たり外を見たりしていた。東京のバスは大阪とは逆で前でお金を払って乗って真ん中のドアから降りるんだけれど、この方が人の流れがいいので大阪もこうしてみればいいのにと思う。

バスは右へ曲がり、住宅街に入った。こんなところがバスの行路なのかとびっくりしてしまうような細くて曲がった道で、バス停っていうのはなんとなく区役所とかそういう施設があるところにありそうな気がするんだけれど、見ている限り一戸建てか低層のアパートとかマンションしかなかった。歩道にはみ出して停められた車や塀を乗り越えて伸びてきている木に、油断するとバスが接触しそうで心配になるけれど、近づくとちゃんと一定の距離を保ってなんでもないようにすり抜ける。なんでこんなに大きくて長いものをちゃんとぶつけないように運転できるのか、どこでどのバスに乗ってもいつも感心してしまう。

四つ辻でバスが停車した。すぐ隣にはコンビニエンスストアとスーパーの間ぐらいのお店があって、店頭には小松菜とかキャベツが一つ百円という札を立てて並んでいた。ファインダーを覗かなくても、目が見ている風景が写真になって切り取られた状態で思い浮かぶ。だけどたいてい、できあがった写真は撮る前に予想した通りではなくて、もちろん思いも寄らなかったものが写っているというのではないけれど、なんとなく違う。なぜ違うのか、わたしの注意力がないか写真の才能がないのかもしれないけれど、でも、同じ場所にカメラを向けて誰でも全く同じものが撮れるとしたら別に写真なんて撮らなくてもいいのかも、というようなことを思いながら過ぎていくそのスーパーから出てくるお客さんを目で追い、周りが気になるせいかやっぱりファインダーは覗かなかった。うしろに座っているたぶん三十歳ぐらいの男の人二人の窓際のほうが、テレビのワイドショーでもう一週間以上騒いでいる芸能人の遺産相続騒動のことを話したそうなのだけれど、通路側の人は、知らない、そんなことあったの、おれテレビ見ないから、と繰り返していつまでも会話が噛み合わなかった。
そのままずっと周りの家を見ていたら、急に祐天寺の駅前に出た。今日も雨は降らないみたいだった。

三軒茶屋から世田谷線の終点まで乗って、そこから京王線に乗り換え、鳴海くんが住んでいるところに行くために、新宿から埼京線に乗ったのは夕方の四時半ごろだった。やっぱりドアのところに立って、外を見ていた。山手線の範囲を過ぎると建物の高さが低くなって隙間も多くなり、でも古い建物が多いせいかかえってごちゃごちゃした印象もあった。電車が真っ直ぐに北へ行くとまた崖みたいなところがあって、そこには大きな木が密集して茂っていて、街全体が段々になっているように見え、奥に見える街は電車が走っているところよりも随分高いところに地面があった。ここも東京っていう感じの景色じゃないと思ったけれど、それはわたしが東京のところどころ限られた場所しか知らないからで、ほんとうはわたしが思ってもみないような景色のところがたくさん集まって東京っていう街なんだろうと思う。大阪よりずっと広いから。ドアの上の路線図を見ていると、月曜日にしょうちゃんが言っていた「浮間舟渡」という地名を見つけた。

電車の中に目を向けると、反対側のドアのところに同じような姿勢で外を見ている女の子が立っていた。黒い真っ直ぐな髪が肩の少し下まで伸びていて、前髪は眉のあたりで切り揃えられていた。黒地に小花柄の古着っぽいワンピースをジーンズの上に着ているのだけれど、その薄い布の下の肩も腰もすごく細いというか頼りない薄さだった。なによりもその女の子に目を引かれてしまったのは、彼女が爪を噛んでいるからだった。ドアにもたれている右の手を緩く握った形で顎のところに置いていて、中指と薬指の爪を順番にずっと囓っていた。無意識にそうしているようで、視線はずっと窓の外にあり、そしてなにかを注意して見ているふうではなくて、ぼんやりと景色が目に映るままなにか別のことを考えているみたいに見えた。

日本的というか、黒髪のせいもあるんだろうけれど、切れ長の目の美人の範疇に入る顔で、十代半ばにも見えたし、でも自分より年上と言われても納得しそうな気がした。どっちにしても、そんなふうに子どもみたいに爪を噛む女の子を見たのは珍しくて、目的の駅に着くまでずっと彼女を見ていたのだけれど、彼女は少しも電車の中には関心を向けず、わたしと同じ駅で降りるまで爪を噛み続けていた。

改装されたばかりらしい駅の明るすぎてだだっ広いコンコースを抜けた。夕方だからか学校帰りの学生が多くて、駅のあちこちで小さなグループを作っていた。大きい駅という駅には必ずありそうなフランチャイズの飲食店が並ぶのを横目で見ながら、鳴海くんが言ったスターバックスはすぐにわかったのでその前の壁にもたれて携帯電話のメールを見ていた。

五時には行けると思う。ほんとに久しぶりだね。

今日も何度かメールのやりとりをしたけれど、どのメールの文面からも鳴海くんをうまく想像できなかった。鳴海くんは物流関係のシステムを作る会社で仕事をしていてその入れ替えの関係でこの三日ほど家に帰っていなくて、やっと今日の夕方いったん家に戻れそうだと昨夜の電話で言っていて、その状況や待ち合わせ場所を知らせるメールが二時間おきぐらいに来た。

「すみません」

目の前に白いセーラー服の女の子が立っていた。

「この辺に郵便局ってないですか？」

鞄から地図帳を出そうとしたけれど、愛用の地図帳にはこの駅までは載っていないのを思い出した。

「ごめんなさい。この辺の人じゃないので」

「そうですか」

女の子はあっさり言って周りを見回し、少し離れたところで立ち話をしているおばちゃん二人に近づいていって同じことを聞いた。

「仁藤さん」

左を見ると、鳴海くんが立っていた。

「仁藤さんや。びっくりするやん」

「元気？」

「うん。どないしたん、東京、よう来るの」

「ときどき」

鳴海くんはスーツの上着を脱いで手に持ち、ネクタイも外して白いシャツのボタンを二つ外していた。高校の制服も同じ着方をしていたのを思い出した。

「なに？」

「徹生が、太って誰かわからんようになってるって言うてたから」

「まじ？　なんやねん、そんなこと言うなよな、あいつ。ま、四月は最強に太ってたけど」

「痩せたん？」

「八キロぐらい。あ、うち、ここから一駅ぐらいあるねんけど、歩いてもいい？」

「うん」

鳴海くんは自転車がずらっと停められた歩道をさっさと歩き出し、わたしはついていった。

「徹生の結婚式やったんやろ。電話してきたとき」

電車の音が聞こえてくる高架沿いの道を、鳴海くんは早足で歩いて、わたしに合わせたりはしなかった。

「そう。子連れで、自分のバンドのライブ」

「ああ、やりそうやな、そういうの。子どもおるとは意外やったけど」

鳴海くんは左手で黒いナイロンの鞄を持っていて、右手で頭をぐしゃぐしゃっと掻いた。適当に短くした、という感じの髪型も高校のときと変わらなかった。

「わたしもびっくりした。徹生がこんな早く結婚すると思ってなかったし。さすがに最近は遊んでくれへんようになって……」

「おれも結婚するねん。十月」

「そうなん？」

一瞬立ち止まりそうになった。鳴海くんは変わらない速さで歩き続けた。学生服に水色のスポーツバッグを背負った男の子の自転車が、器用に隙間を走り抜けていった。

「だから、今けっこうやることいろいろあってめんどくさい。あ、うちってその結婚する人も住んでるねんけど、こないだから実家に帰ってるから」

「そうなん？」

また同じ言葉を繰り返した。それ以外、なんて言っていいかわからなかった。

「大学の事務してるから夏休みやねんて。ええよな、夏休み。おれもほしいわ」

「徹生より……、鳴海くんのほうが意外やわ。結婚するとか」

「そう？　別に普通やで」

わたしはちょっと足を速め、鳴海くんの横に並んだ。

「結婚っていうより、だいたい東京の大学行って就職してしかも忙しく働いてるっていうのが、全部へんな感じ」

「なんやそれ。普通働くやろ、二十五やったら」

「うん。普通、そうやけど」

誰かわからん、というほどではないにしても、前に比べたらやっぱりそれなりに肉は付いていた。顔も、どこがどうと説明できないけれど、六年分の変化はあった。でも、それが今、わたしが鳴海くんといて、前とは何か違うって感じている理由じゃないと思う。そして、結婚するとか仕事しているとか、そういうことでもない。

「そういや、中西っておったやろ。おれ大学いっしょで、たまに会うで。池袋の本屋で働いてるねん」

道路が二股に分かれているところで、左側に曲がって短い横断歩道を渡った。そこから、車が擦れ違うのが大変そうな幅の道を歩いた。少し上り坂になっていて、両側には古かったり新しかったりする二階建てや三階建ての家が詰まった感じで続いていた。

「へえー。あ、中西くんとつき合ってた江崎さんは、うちの高校で先生してるで。英語」

「先生？　そんな人もおるんやな」

それからしばらく、共通の知り合いの知っている限りの近況を報告しあいながら歩いた。夕方になってましにはなってきたけれど歩いていると蒸し暑くて、肩からかけている鞄のベルトの下が汗でくっついているのを感じた。

二回ほど角を曲がり坂を上りきったら、同じ形の公団住宅がずらっと並んでいる一角に出た。五階建てと十階ぐらいのと二種類あって、ベランダと窓の配置が違っていた。部屋の数に比べて、人通りは少なかった。こんな団地も、東京で見るのは初めてだった。団地の外周を通る遊歩道に沿って歩いているあいだも、お互いの仕事の話や高校のときのちょっとした話をずっとしゃべり続けていて、何年も会ってもいないし話してもいなかったのに気兼ねなく話せるっていうことよりも、やっぱりわたしは、見た目も声もしゃべりかたも合っているのに、鳴海くんはこういう人やったっけというような違和感のほうを感じていた。

「ふーん。じゃあ、友だちの家に泊まってんねや。それやったらお金かからんし、ええな」

「狭いし、しょうちゃんは朝仕事行くから悪いなって思ったりもするねんけど」

鳴海くんと並んで歩いていてもしょうちゃんみたいに見上げるという感じにならないので、しょうちゃんは背が高いんだと思った。

「おれんち、泊まってもええで」

鳴海くんの首筋に汗が流れているのが見えた。

「今度東京来るとき、言うてくれたら」

「なんや、今日かと思った」

「今日でもええけど、おれは」

「じゃあ、そうしようかな」

「そうする?」

「でも、しょうちゃんとこに荷物置いたままやし」

どうにでも取れるような言いかたを心がけた。不意に大きめの蜂が飛んできたので、反射的に首をうしろに反らした。それを見て鳴海くんはちょっと笑った。

「仁藤さんて、そういうとこあるな」

「そういうとこって?」

人がいないのに自転車がびっしり停めてある自転車置き場を過ぎると遊歩道が終わって、広めの道路に出た。信号は赤で、道路を大型のトラックが三台続けて通り過ぎた。

「なんて言うたらええんやろな……。あのー、おれ、前も仁藤さんって呼んでたっけ?」

あんまりこっちを見なかった鳴海くんがわたしを見た。

「ううん」

「そうやんな」

鳴海くんはわたしの顔をしばらくじっと見ていたけれど、高校のときに呼んでいた呼び方で呼んでみたりもしなかったし、ずっとしゃべらないで信号が青に変わった横断歩道を渡った。そのまま道路沿いの歩道を道なりに進んだ。両脇には一戸建てや小規模のマンションや倉庫なんかが、思いつきで増えたようにばらばらにあって、その不揃いさによってできた空間が、妙にすかすかした印象の街にしていた。鳴海くんはなにもしゃべらなくて、わたしは周りの建物や擦れ違う自転車のおばちゃんに目をやっていた。

三分ほど歩いて信号で止まったところで、鳴海くんが道路の向こうの倉庫の後ろに建っている高層住宅を指さして、あれ、と言った。築二十年は経っていそうな灰色の、十五階くらいの高さで一つの階に二十軒ほど並んでいる大型の建物が、平行に三棟並んでいた。横断歩道を渡ってから、わたしは言った。

「さっき、電車の中でめっちゃかわいい女の子見てん」

鞄からハンドタオルを出して首と額を拭きながら、わたしは説明した。

「ちょっと変わってるっていうか、ずっと爪嚙んでるねん。年齢不詳な感じやねんけど、たぶん二十歳は過ぎてるのに。こう、真っ直ぐの黒い髪で……」

両手であの女の子の髪の長さを示してみせたところで、鳴海くんが言った。

「それ……、またあとで会うかもしらんわ」

「知ってる人？」

「だいたい」

鳴海くんは曖昧に言った。

「友だち？　あんなかわいい子、しゃべってみたい」

「あー」

迷っているみたいな声を出した鳴海くんは、その先を言わないで、わたしの顔を見た。

「なに？」

「いや、ええわ」

自分だけ事情を知っている人のちょっとずるい笑いかたをして、途中で話を止めてしまった鳴海くんは、またわたしの目を黙って見た。わたしもなにも言わないで、ただその目を見た。そうしたら鳴海くんは下を向いた。

銀色の郵便受けがびっしり並ぶ薄暗いロビーを抜けて、二基並んでいるエレベーターの左のほうに乗った。行き先階を押す丸いボタンは数字の書体も古くさい感じで端は磨《す》り減っていて、だいぶ年月を重ねた公団住宅みたいだった。エレベーターには他に乗る人はいなかった。ゆっくり箱が昇り始めた。

「仁藤」

奥の壁に並んでもたれている鳴海くんが言った。顔を上げると、またわたしの目をじっと見た。

「さっきからずっと思っててんけど」

鳴海くんが左手で持っている鍵が、小さな硬い音を立てた。エレベーターの窓の向こうを同じ形のドアがゆっくりと下降していく。

「こんなにしゃべってた？　前」

「うん。なんか変やと思った」

わたしが笑うと、鳴海くんもちょっと笑い、それから扉の上の階数の表示を見た。

1から14まで並ぶ数字の、光っているところが順番に移動して7になるところで、エレベーターが止まった。

エレベーターを先に降りて左に曲がった瞬間に、鳴海くんが立ち止まった。

「やっぱり」

青いドアが並び、植木鉢や子どもの自転車なんかが置かれている長い廊下の突き当たりに、さっき電車で見たあの女の子が立っていて、手すりに寄りかかって外を見ていた。廊下からは隣の棟の、洗濯物がそれぞれかかったベランダが並ぶ景色が見えた。

「もしかして、彼女?」

「ちゃうちゃう。おれ、なんかあいつに好かれてるみたいやねん」

「え?」

鳴海くんは壁の陰に隠れたそうに上半身だけ斜めに捻った。

「五年ぐらい、一方的に」

「五年?」

「なんていうか、まあ、害のないストーカーみたいなもんやわ」

よく理解できなかったので、聞き返そうと思ったら、その女の子がこっちに気がついてゆっくり歩いてきた。鳴海くんが少し頭を下げたのでつられてわたしも会釈した。

「こんにちは。なんか今日は、いてそうな気がした」

女の子は笑ったりしないで、どちらかというと睨んでるのかと思うような目で鳴海くんを見た。鳴海くんは自分のシャツの襟元を振って風を入れながら聞いた。

「あのー、今日は……」

「わたし、今日、岩井さんとこにいるね。いいやんね」

「いや、あのー」

「なんかごはん作ろうか？」

二人のやりとりが、少なくとも女の子のほうはまったく、わたしのことを意に介していないようなので、いちおう聞いてみた。

「えっと、お友だち？」

「凪子《なぎこ》です。こんにちは」

凪子は、食べ物屋のバイトの女の子がするような嘘っぽい笑顔を作った。やっと表情がある顔を見たけれど、やっぱりかわいいと思った。

「仁藤。高校の……」

「ああ」

鳴海くんが言い終わる前に、凪子はなにか思い当たったというふうに、さっきよりは親しみのある、だけどまだ気軽には話しかけられない程度の笑いかたになって、わたしに言った。

「今日、仁藤さんも泊まる?」

わたしがなにも答えられないでいると、凪子はわたしと鳴海くんを、おもしろがっているような目で交互に見て、それから言った。

「わたし、買い物行ってくる。仁藤さん、いっしょにごはん食べようよ」

エレベーターを待たずに階段で降りて行った凪子の足音が遠ざかって行った。


鳴海くんが結婚する彼女と住んでいる部屋は六畳の和室が二つとダイニングキッチンで、広くはないけど片付いていた。高校のときから考えても鳴海くんの部屋に入ったのは初めてだから、片付いているのが鳴海くんのせいなのか彼女のせいなのかわからなかった。でもたぶん、彼女のほうだと思った。

「なんなん?」

ベランダに面した、テレビのある六畳間で、鳴海くんが入れてくれた麦茶を一口飲んでから、わたしは聞いた。鳴海くんは自分の分のお茶も入れて一気に全部飲み、窓の横に置いてあるパソコンの脇の郵便物やなんかの束を探り始めた。

「ようわからん。高三のときに新入生のオリエンテーションみたいなんの係やったやん？　あのときにおれが凪子のグループを案内したらしいねんけど、おれは知らん」

「東京来てから会うたん？」

部屋に入ってすぐに開けた窓から、ぬるい風が吹いてきた。探し物はなかなか見つからないようで、鳴海くんはわたしを見ないままだった。

「大学、おれが行ったから受けたとか言いよんねん。駅で待ち伏せされてた」

「ほんで、なんで家で待ってんの？」

「わからん。たまに来るねん」

ベランダに雀が来る、ということを報告するくらいの簡単な調子で鳴海くんは言い、やっと見つかったらしい封筒を持って台所に戻った。

「……泊まったりすんの？」

「たまに」

鳴海くんは冷蔵庫に首をつっこんで、何か探してるみたいでもあったし、涼んでいるようにも見えた。

「それって……、そういう……」

「なんもないって。そんな、手ぇ出したりしたらそれこそなにされるかわからんわ。怖い怖い」

慌てて冷蔵庫を閉めた鳴海くんは、単純に驚いた顔をして首を振った。

ピッチャーを持ってきて畳の上に直接置いたわたしのコップにお茶を注ぎ足してくれる鳴海くんの手と顔を見比べながら、わたしはまた質問した。

「彼女は？　知ってんの？」

「知ってるで。そんなに気にならんみたい、っていうか慣れた」

鳴海くんは窓際に腰を下ろすと胡座《あぐら》をかいて、カーテンをばたばた振った。そんなことをしても別に涼しくならないけれど。

「ほんま、勝手に来て、ただうちにおるだけやから。三か月に一回ぐらい」

「結婚するって、知ってんの？」

「こないだ来たときに言うた。おめでとうって言われた」

そんなこと聞いてるんじゃなくて、と言いかけたら、台所に置きっぱなしにしていた携帯電話が鳴って、鳴海くんはまた台所へ戻って誰かと話し始めた。家です、え、今からですか？　と、それなりに丁寧な答えかたをしているので仕事関係かな、と思った。標準語だとなんとなく声も違って聞こえると思って、一昨日の夜、ベトナム料理屋でしゃべっていた自分の声を録音して聞いてみればよかったと思った。

鳴海くんは、携帯を持っているのと反対の手で鞄を探り、手帳を見ながら答えていた。流し台の上の水切り籠には、コップとお皿がいくつか伏せてあった。その向こうの冷蔵庫には、メモがマグネットで留めてあるけれどなんて書いてあるのかは遠くて読めない。玄関の右側は、赤いチェックの布で仕切られていてたぶんお風呂がありそうだった。隣の六畳間との境は襖《ふすま》で、中途半端に開いていた。頭を傾けていくと、押入れの鴨居にグレーのスーツとパーカがかかっているのが見えた。その向こうにスチールのラックがあり、下の段には二十代の勤めている女性向けの、だけどわたしや李花ちゃんはあまり読まない、コンサバティブなファッション雑誌が二種類積んであった。真ん中には白いプラスチックの収納ケースが並んでいて、三つ目まで見えたところで鳴海くんがいつの間にか電話を終えていた。

「ちょっと、ごめん、おれもうちょいしたら現場戻らなあかんわ。なんやうまくいってへんみたい。たぶん明日まで帰られへんわ」

「じゃあ、わたしも」

「あのさ、おってくれへん？　ここに」

思ってもみない提案ではあったけれど、鳴海くんがなんでそんなことを言うのかすぐわかってしまったので、わたしはわざと黙って座ったまま鳴海くんをにらんだ。

「頼むわ。あいつ、泊まるって言うたら絶対帰れへんから、おれがおらんでも関係ないねん。やっぱり結婚でなんか思われてたら怖いし」

鳴海くんは、でも、照れたみたいに笑っていて、それでたいしたことじゃないってわたしをごまかそうとしているような気もしたし、確かにたいしたことじゃないとも思った。

「見張っとけってこと?」

「ごめん。頼むわ」

「まあ、いいけど」

しょうちゃんは今晩遅くて明日は朝早いから悪いなと思っていたところだったし、という思考回路は自分に都合のいいように考えているだけなんかな、と同時に思いあたっていたけれど、べつにそれでもよかった。

鳴海くんは、あるものはなんでも使ってくれてええし、と適当な説明をしながら隣の部屋で服を着替え始めた。それにわたしも適当な返事をしながら窓に近寄って外を見た。隣の部屋の窓も開けたから、鳴海くんの声は今度はベランダ側から聞こえてきた。空はさっきより暗くて、時刻のせいもあるけど雨が降るかもしれないと思った。低い家や工場や学校が続く向こうに建物がとぎれて緑色が見えるところが横に広がっていて、きっとそこが川だった。

「ほんまに、どうも思ってないんかな。あの子も、鳴海くんの彼女も」

「ああ、凪子はたぶん……」

着替え終わった鳴海くんが、うしろに立ってテレビの横にある姿見で髪を直しかけて、手を止めた。

「ええわ。ようわからん」

鳴海くんは、そうやっていつも言いかけてやめてしまう。そのことも、やっと思い出した。


凪子が帰ってくるまで待ってから、鳴海くんは仕事先へ戻っていった。エレベーターのところまで送っていくと、ごめんやけどまあ適当に、なんかあったら電話して、とだけ言って、笑顔で手を振られてしまった。

鳴海くんの部屋に戻ると、台所で凪子がスーパーマーケットの袋から出した食材を冷蔵庫の脇に並べていて、わたしのほうは全然見ないで言った。

「仁藤さんも久しぶりに会うたのにね」

「西谷なん?」

わたしは高校の名前を言った。凪子の手元を見ると、真っ赤な鮪《まぐろ》のサクとこれも生の鰹《かつお》の半身のパックだった。これから二人で刺身を食べるんやろうか。

「わたしは、仁藤さん知ってるで」

と言ったわりに、凪子はやっぱりこっちを見ないでコンロの下を覗いて鍋を探った。

「鳴海くん、いつから知ってるの？」

「いいやん、べつに」

凪子は愛想なく言った。

「あの、なんか手伝おうか？　なに作るの？」

それで初めて凪子は顔を上げた。なんで笑わへんのやろ、かわいいのに、とまた思った。

「わたし、料理してる間、話し掛けられるのいややねん。悪いけど、そっちにおっといてくれへん。一人でやったほうが早いし」

返す言葉がわからないので、そのままダイニングの真ん中に置かれた小さめの丸いテーブルの横に立っていた。凪子は、じっとわたしを観察するように見てから、聞いた。

「あ、ごめん。なんか飲む？　熱いのんしかないけど。コーヒー、紅茶、日本茶」

「日本茶」

凪子は流し台の端の小さな木の棚から茶筒と急須を、戸惑うことなく出した。コンロに置きっぱなしの薬缶に水を入れて火をつけるのも全部自然な動作で、鳴海くんが言った「三か月に一回ぐらい」というのを、疑いたくなった。

はい、どうぞ、と言ってマグカップにお茶を入れてくれてから、凪子がわざとらしく音を立てて料理を始め、たぶん邪魔だと言いたいんだろうと思って、テレビの部屋に戻った。座りかけて、また隣の部屋が気になった。鳴海くんもなんでも自由に使っていいって言うてたし、と思って、襖を開けかけると、凪子の声がした。

「そっちの部屋は、あんまり入ってほしくないみたいやで」

無視しているふりをしてしっかり様子を窺《うかが》われていたみたいで、こっちのほうが見張られてるやん、と鳴海くんに言いたくなった。

「あ、そう」

凪子には入ってほしくないってことじゃないの？　と言おうかと思ったけれど、年下相手に大人げないのでやめた。というより、もともとわたしはそういうことを言えない性格なんだけれど。

仕方がないので、わたしは鞄からカメラを取って、ベランダに出ると外の景色を十枚ぐらい写真に撮った。それから、そんなに見たくもないけどテレビをつけて夕方のニュースを見た。大手スーパーのリストラ策で何店舗かが閉店することが決まったと言っていた。

鮪《まぐろ》の刺身と鰹《かつお》のたたきと切り干し大根の煮物と豆腐と若布《わかめ》のみそ汁を、台所の脇に置いてあった折りたたみの座卓を出してきて並べた。凪子はそれも全部一人でやった。

「ビール飲む？」

「ああ、うん」

なんとなく十五、六歳、ちょうど会っていたかもしれない高校生の女の子ぐらいに思えてしまっていたので、ビールと聞かれて少し驚いたけれど、わたしが高校三年のときに一年だったら二十三のはずだった。童顔とか服装が子どもっぽいというわけではないけれど、かなり年下の子と接しているような気分がする。

「いただきます」

凪子はきちんと正座して手を合わせたので、わたしもつられて、いただきます、と言った。

「おいしい」

鰹のたたきは黒こしょうで味付けした洋風で、ちょうどいい焼き加減だった。

「そうやろ」

凪子は、初めて他意なくにっこり笑った。

「でも、刺身とたたきっていう組み合わせはどうなんかな？」

「岩井さん、好きなんやもん、生の魚」

箸を口に付けたまま、自慢するように凪子は言った。

「それは、わたしも知ってる」

言い返してみると、凪子は、今度は、ふふ、と小馬鹿にしたように笑って、それからは黙ってひたすら自分が作った料理を食べた。話し掛けても無視するから諦めて、わたしもごはんを食べることに集中した。おかずはどれもおいしかった。扇風機の風だけが行ったり来たりしていた。

おおかた食べ終わったところで、向かい合って座っていた凪子が急に思いついたようにごそごそと這って、テレビの下のビデオテープやＤＶＤが収まっている棚の引き出しを開けた。

「いつも勝手に触ってんの？」

いちおう聞いてみたけれど、凪子はそれには返事しないで赤いプラスチックの表紙のアルバムを開いてわたしに見せた。

「これ。岩井さんの彼女」

見開き四枚の写真は、鳴海くんと彼女がどこかわからないけれど紅葉の時期に山に行ったときので、二枚は二人で並んで写っていて、あとの二枚は彼女のほうが道路で食べ物を拾っている猿を怖がっているところだった。水色のボーダーのセーターにパーカ、ベージュの帽子。パーカは隣の部屋に掛かっているものだと気がついた。

「どう？」

「うーん、普通の人って感じ」

「年上やねんで。二十八」

「そうなん？」

凪子は得意げにページをめくった。次のページも猿と彼女だった。

「結婚するって、ショック？」

凪子がわたしの顔を覗く。

「べつに。意外は意外やけど」

「好きなんやろ、仁藤さんも」

「嫌いじゃないけど、凪子さんが好きなのとはちょっと違うと思う」

凪子でいいで、と呼び方を指定して、凪子は台所から缶ビールをもう一本取ってきた。

「いっしょに帰ってたやん、高校のとき」

「そんなんも見てたんや。凪子のほうがショックなんちゃうの、結婚」

「べつに」

凪子はビールを開けてそのまま口を付けて飲んだ。わたしに注いでくれる気はないらしい。凪子は立ち上がって蛍光灯をつけた。急に明るくなって、今まで随分薄暗いところにいたんだと気がついた。白い光の下で、わたしはアルバムをめくった。鳴海くんが写った写真は少なかったけれど、写っている何枚かはどれも記念写真を撮るときのちょっと構えた笑顔だった。

「普通やなあ」

「マサコ？」

凪子が勝手に呼び捨てにしているそれが、鳴海くんの彼女の名前らしかった。

「ううん。鳴海くんが。なんていうか、もっと変わった感じの人になりそうと思ってたから。仕事とか続かへんような」

畳の縁をなんとなく手で辿っていた。畳だけは新しくて、鳴海くんがここに引っ越してきてからあんまり間がないのかもしれないと思った。

「なんとなくわかるわ、わたしも。こんな地味ーな人と結婚するねんもん」

それはまた違う、と言いかけて、全然そう思ってないことはないから言わなかった。

「岩井さん、高校のとき、彼女おったやん？　美菜ちゃん」

こんな子をうちに置いといて怖くないのかな、と思った。

「あれのほうがかわいかったよね」

凪子はわたしの手からアルバムを取り上げると、今度は棚の奥の別のアルバムを物色し始めた。なんとも思わなくはないけど、今の彼女のことも、美菜ちゃんのことも。

「これ、仁藤さんやろ」

また唐突に凪子が目の前に広げたアルバムには、見開きで八枚の写真が貼られていて、見慣れた校舎や知っている顔が写っていた。

「これ」

もう一度凪子が言って、その指先を見ると、二年の文化祭が終わって片づけをしている教室で鳴海くんが左端で五人ほどが並んでいる写真の、鳴海くんの斜め後ろの黒板の前に、わたしがいた。

「この仁藤さん、岩井さんのこと見てるやろ」

黄色いTシャツに臙脂《えんじ》色の学校ジャージという学校内ならではの組み合わせのわたしは、同じクラスの女の子二人となにか話している途中のようだけれど、目は彼女たちではなくて鳴海くんのほうを向いていた。

「そうみたいやなあ」

写真の中の髪の短いわたしは、自分が写真に写っているとは気がついてなくて、どう見ても鳴海くんを見ていることもかっこわるいけれど、なにかを言いかけて口を半端に開いた、できればこんなに何年も残っていてほしくなかった顔で止まっている。こんな顔じゃない、と言い張るつもりもないけれど、毎朝鏡で確かめる顔とは印象が違っていた。確かにその文化祭のときにそんな格好をしていた記憶もあるのに、知らない人を見ているみたいだった。ただ、この写真に写っている髪の短い子は、今はもういない、ってそんなふうに思った。他にも、写っている写真があるんじゃないかと思ってアルバムをめくりかけると、凪子が咎めるように言う。

「そこだけやで」

「あ、そう」

仕方なく他の七枚の写真を眺めた。全部、そう変わらない時間に教室の中で撮られたものみたいで、写っている人も同じクラスの子ばかりだった。誰がこんなに写真を撮っていたんやろう。

「八年越しやね」

わたしをずっと見ていた凪子が言った。鳴海くんのことを考えていると思っているに違いない。少しだけ残っていたコップの底のビールを飲み干した。気が抜けて苦かった。

「わたし、凪子が思ってるようには、鳴海くんのこと思ってないよ」

「じゃあ、どう思ってんの」

「ちゃんと説明できへんけど、他の人と違う感じがするっていうだけ」

しょうちゃんに話したことを凪子に言っても、余計話がややこしくなるだけだと思った。凪子はアルバムをどうでもいいように畳の上に投げ出し、またわたしを観察するようにじっと見た。

「なんで会いに来たん？」

怒っているみたいに聞こえる。

「鳴海くんはどう思ってたんかな、って。同じ感じがしてたんかな、ってずっと気になってたから」

「聞いてみれば？」

確かにその通りで、聞くのは簡単のような気もした。なんで、あのときセックスフレンドって言われて納得してたのか。一度だけ学校の帰りに遊びに行ったとき、楽しかったのか。他の人には思わなくてわたしといるときだけ感じるなにかが、鳴海くんにもあったのか。だけど、言葉にして聞いたら、その瞬間から、ずっと感じてきたことが、それらしい言葉で適当な形になってしまうと思うのは、単なる感傷みたいなものかもしれない。高校時代の思い出とか、そういうの。

「お風呂入るやろ？」

じっとわたしを見ていた凪子が、飽きたみたいで立ち上がった。お風呂場から水を流す音が聞こえてきた。

ようわからんわ、と鳴海くんの真似をして言いたくなった。

修学旅行の夜、相原くんの裸踊りを見に行ったあと、廊下で別のクラスの友だちと立ち話をしてから部屋に戻ろうと一人で歩いていたら、本館と新館とをつなぐ渡り廊下の曲がったところに鳴海くんが立っていた。前にも後ろにも誰もいなくて静かだった。

「なにしてんの」

「中身入ってると思う?」

本館の手前の壁にビールやカップ酒の古い型の自動販売機が二つ並んでいた。高校生しか泊まっていないから、両方とも電源が抜かれていて見本が並ぶケースの部分は薄暗かった。鳴海くんが指さしたのはかなり古そうな縦型で缶が四種類しか入っていない右側で、アクリルのカバーが割れて穴が開いていた。

「こういうのはウソもんやろ」

とわたしが言う間に、鳴海くんは手を伸ばして穴の正面にあった左から二番目のライム味の缶チューハイを取った。そのデザインも一昔前のものに見えた。

「入ってるで」

「ほんま?」

手渡された缶は、予想に反してずっしり重みがあった。だいたい三百五十グラムだろうけど、それよりずっと重く感じた。

「飲んでみる?」

「やめとき。絶対、期限切れてるで」

缶の底を返して見ると、賞味期限はぎりぎり一か月後だった。

「外、出よ」

鳴海くんが言い、二人で新館側の非常口を開けて外へ出た。上着は着ていなかったので寒かった。そこは渡り廊下と二つの建物でコの字型に囲われた空間で、向かい側には本館の非常口があった。雪は降っていなかったけれど、かなり積もっている雪に窓からの明かりが反射して薄明るかった。非常口のドアの横の少し風がよけられる隅に、並んでもたれた。スキー場とは反対側の、裏山の木立が十メートルほど向こうから広がっていた。山は真っ黒で少し怖かった。

「ほんまに飲むの」

「ただやし」

右側に立った鳴海くんは、にっと口の端を上げて笑って、缶を目の前で軽く振って見せた。

「チューハイぐらい、いつでも飲めるやん」

「気分やん、気分」

鳴海くんはそういうと、プルタブを開け躊躇しないで一口飲んだ。

「まず」

「そらそうやろ。冷えてへんし」

わたしはひとしきり大笑いした。その声は、雪と山に吸収されて全然響かなかった。笑うのが収まって、体を起こすと、鳴海くんがわたしを見ていた。ちょっと笑った顔で、黙って見ていた。わたしも鳴海くんを見た。誰かが廊下を通ったのが、半透明のガラスに映る影でわかった。

「飲む？」

「うん」

缶を渡してくれるのかと思ったら、鳴海くんは缶を持った右手をそのままわたしの顔の前に持ってきた。鳴海くんはわたしの目を見たまま、缶を傾けた。唇に当たった缶は、思ったより冷たかった。

「気持ち悪い」

飲まないで舐《な》めただけで感想を言うと、今度は鳴海くんが大笑いした。飲み物とは思えない味だった。薄い洗剤とか、そんな感じだった。

「いらんな」

鳴海くんは缶の中身を雪の上に撒いた。雪が溶けて穴があいた。

「だから言うたやん」

笑いながらそう言うと、鳴海くんがまたわたしを見た。

「なにを?」

鳴海くんはちょっと首を傾けて、もう笑っていなかった。冷たくて硬い缶の感触が唇に戻ってきた気がした。それと同時に、さっきはどこも触らなかったのに、鳴海くんの手が缶といっしょにわたしの顔に触ったような錯覚がした。手というか、ただ生温かくて柔らかい感じだけが、風で冷えた頬と手に触ったような気がした。

鳴海くんはじっとわたしを見ていて、なにも言わなかった。試してみようかな、と思った。その何十分か前に、セックスフレンドっていう言葉で、一瞬、わたしと鳴海くんのあいだで同じように感じていることがあるって思ったのを。十センチメートルも動かせば鳴海くんの左手に触れるところにある自分の右手を、わたしは動かそうとした。

「えーっ、大丈夫?」

女の子のはしゃいだ声と同時に、目の前の本館の非常口が突然開いた。

「うわ、寒っ」

と言いながら、女の子の手を引いて出てきたのは、その三か月前までわたしがつき合っていた男の子だった。ひと月前からその女の子とつき合い始めたのは友だちから聞いて知っていたけれど、いっしょにいるところを見たのはそれが初めてだった。

「こんばんは」

まともに目が合ってしまった彼がぼそっとそう言ったので、わたしも同じ言葉を返した。彼はすぐに目を逸らすとしっかり握った女の子の手を引っ張って、雪がよけられた狭い部分を新館の裏側へ歩いていった。角を曲がるまで彼女はわたしのほうを見ていた。自分には全然似ていない、と思った。

「見られてもうたな」

鳴海くんは、ただ雪を見ているような顔をしていた。わたしが彼とつき合っていたことを知っているのかどうか、わからなかった。

「うん」

雪で濡れたコンクリートを踏んでいる足が、ほとんど感覚がないくらいに冷えているのに気づいた。どこかの部屋の窓から、男の子たちが大騒ぎしている声が聞こえてきた。

「戻る？」

「うん」

重い鉄のドアを開けると、ちょうど同じ部屋の女の子たちも帰ってきたところだった。

「なにしてたん？」

友だちの一人が聞いた。わたしのすぐうしろに立っていた鳴海くんが、ないしょ、と答えた。わたしも、うん、と言った。

お風呂から上がったら、凪子がいなかった。早起きしたせいもあるし、テレビを見ながら転がっているうちに途中からうとうとして、ドアが閉まる音で気がついたら、凪子がコンビニエンスストアでアイスクリームを買って帰ってきた。

つけっぱなしのテレビをなんとなく見るようなふりをして、凪子がしゃべらないから黙っててハーゲンダッツのバニラを食べた。凪子は自分の分だけ二つも買ってきていて、さっさと抹茶を食べきってクッキーアンドクリームに取りかかってから、やっとわたしを見た。

「岩井さんのこと、なんか教えてえや」

「なんかって？」

「いっしょに帰ってたやん」

「三回ぐらいやで。わたしが梅田に出るときとかに、たまたまいっしょになって」

わたしだけ、たいていの人とは電車の方向が違っていつもちょっと淋しいというか悔しかった。凪子は詰問するような聞きかたを続けた。

「なにしゃべったん」

「そんなん、覚えてないわ」

「うそや」

「前に立ってた子の、三つ編みを勝手にほどいてた」

いつか忘れたけど、思い浮かぶ映像ではそこにいる人が白い半袖のような感じなので、夏とか秋とかだと思う。

「けっこう込んでて、車両の真ん中へんに立っててんけど、すぐ前に谷女の制服で三つ編みの頭があって。革紐《かわひも》みたいなんでくくってたから、それを鳴海くんが引っ張ったらすぐ取れて、その子、全然気がつけへんまま降りた」

「ほかには」

「一回だけ、いっしょに寄り道したことある」

「どこ行ったん」

「東洋陶磁美術館。中之島の」

畳の縁を、名前のわからない小さな虫が這っていって、飛んだ。

「何しに？」

「硯、見に。図書室の前に貼ってた硯展のポスターかっこいいから見てたら、鳴海くんが通って」

「どっちが行こうって言うたん」

「どっちやろ。わたしかなあ」

ほんとうに覚えていなかった。そんなことも忘れてしまうのかと、妙なところで感心しながらそのときのことを順番に思い出そうとしてみた。

「おもしろかった？」

「あんまり」

つるっとした壺やら花瓶が延々並んでいて、きれいだったし好きだったけれどそんなに会話が盛り上がるようなものでもないので、平日の閉館間際で人のいない展示室を黙って歩いた。目当ての硯は最後にちょこっとだけあった。ポスターになっていた獅子がついたのは確かにかっこよかった。

「そのあと、梅田の地下街の喫茶店行って、ケーキセット食べた」

「それだけ？」

わたしをじっと見ている凪子のうしろに、台所が見える。奥には廊下に面した小さい窓があり、この部屋はいちばん端だからきっと誰も通らない。

「うん。別々に電車乗って帰った」

「なんで、つき合わへんかったん？」

「そういうことって思いつかへんかってん。べつに好きな人いてたし」

振られた彼のことをしつこく好きだったとか、美菜ちゃんがいたとか、それが関係ないのはそのときもわかっていた。ただ、鳴海くんが黙ってわたしを見てるときのその感じが好きというか、それを何回も感じたかっただけなのかもしれない。

「凪子は？」

座卓にべったりと腕を乗せてその上に頭を置いている凪子は、目だけこっちに向けた。

「オリエンテーションで鳴海くんが案内したって言うてたけど」

「教えへん」

「なんで」

「すごいいいことやから、言うのがもったいない」

テレビでは天気予報が始まった。梅雨前線は北に上がって明日も雨は降らないって、地味な男の人が解説している。凪子は体を起こすと、うしろの襖にもたれた。

「仁藤さんも、わたしの思い込みやって、思ってるんやろ」

拗ねた中学生みたいに長い髪の先をいじっている凪子を見ていると、あんな真っ直ぐな髪って羨ましい、と思った。凪子のカップに残ったアイスクリームはだいぶ溶けていた。写真を撮りたい、と思ったけれど、きっと凪子は嫌がりそうな気がする。

「わたしも似たようなもんやし」

わたしがそう言うと、凪子はしばらくなにかを見定めるみたいにわたしをじっと見た。そうやって黙って視線をずらさないで見るのは、鳴海くんと似ているかもしれない。

「岩井さんも、仁藤さんのこと、だいたいそんなふうに思ってると思うで」

やっぱり多少うれしかった。

「どんなふうに?」

「なんか、違う、って。他の人と」

「なんで?」

わたしがにやついた顔でしかも身を乗り出して聞くので、凪子はちょっと鬱陶しそうにわざと大きく息をついて、それからアイスクリームをとって食べだしたので、もう言わないのかと思ったら、ちゃんと言った。

「高校のときの話で女の子の名前が出てきたのって、仁藤さんだけやから」

それも単純にうれしかった。わたしの知らないところで鳴海くんがわたしのことを思い出すことがあったっていうことだから。

「そうなんや。でも、だからって……」

鳴海くんがわたしと同じように感じていたかどうかなんて、どうやって確かめたらいいのかわからない。

天気予報は終わって、円と株の数字が映し出された。これが天気予報と同じくらい気になる人って世の中にどれくらいいるんだろうか。

「ええわ。ようわからんわ」

鳴海くんの真似をして言ってみた。凪子は、あっそう、とだけ言い、立ち上がってアイスクリームのカップを捨てに行った。

木曜日

雨が降りそうに曇っているけれど、降らないで済みそうな気がした。

李花ちゃんの朝の電話では二時には撮影は終わっているはずだったけれど、地図を見ながら野球グラウンドのある公園にたどり着いた二時十五分でもカメラや録音機材を持った五人ぐらいの人たちに片づける様子はなかった。グラウンドを挟んだ植え込みの陰で蚊を気にしながら窺っていると、五分ほどして李花ちゃんがこっちに歩いてきて、それを見ると凪子はなんにも言わないで公園の奥へ歩いていった。

「ふーん。変なの」

勝手についてきた凪子のことを説明すると、わたしから話を聞いていて、よくわからないけど鳴海くんのことを変な人と思っている李花ちゃんは、凪子のこともただそういう子だと解釈したみたいで、特別に興味を示すこともなく近くのベンチにわたしを引っ張っていって座り、化粧ポーチを開けた。

「もっと近くで見てても大丈夫だよ。次始まったらいっしょにあっち行こうよ。共演者の子のせいで、途中の順番が変わっちゃってさ」

片手で鏡を持って慣れた手つきで目の周りの化粧を直した。おとといの夜、泣いたまま寝たあとも一時間ほどすると起きてきて、目が腫《は》れたら困ると言って台所で蒸しタオルを当てたりマッサージしたりしていた。その成果かいつにもましてきりっとした顔をしているので、おとといの夜の李花ちゃんを忘れてしまいそうだった。マスカラを重ねながら、李花ちゃんは状況を説明した。今日の仕事は半年前からやっている深夜のドラマというか、ストーリー仕立てで商品を紹介していく十五分ほどの半分コマーシャルの番組で、今日はシャンプーと携帯電話の新製品と夏休みに向けての海外旅行を宣伝する話になっているらしい。三十分ほど前までは他にも男女一人ずつの出演者がいたけれどあとは李花ちゃんだけの場面が残っていて、それはもう一人の女の子のスケジュールの都合で急遽《きゅうきょ》撮る順番が変わったせいで台本も変わって、とあまり気が合わないらしいその十九歳の女の子の愚痴になったところで、歩いていったのとは反対側の子ども向けの遊具の並ぶ間からふらふらと凪子が歩いてくるのが見えた。

「こんにちは」

凪子は五メートルほど手前できっちり作った笑顔で李花ちゃんに挨拶したけれど、それ以上近づいてこなかった。李花ちゃんも笑顔は得意というか仕事でもあるのでにっこりと会釈を返したところで、グラウンドの向こう側から若い男の人が李花ちゃんを呼んだ。

「続きやるみたい。いっしょに行こうよ」

李花ちゃんはわたしの手首を持ってさっさと歩いていき、凪子はタイミングをずらしてわたしたちといっしょに行くのではないというような格好を作りながら、ついてきた。

グラウンドの向こう側にはテニスコートが二面あり、その二つのフェンスに囲まれた部分がベンチが二つずつ向かい合った広場になっていて、そこにテレビ局の人たち、といっても下請けの制作会社の人たちらしいのだけれど、スタッフの人は遠くからだと五人ぐらいに見えたのが、行ってみると全部で八人いた。ジーンズに麻のジャケットを着たベリーショートの女の人を、李花ちゃんが呼んだ。その水川さんという人だけがテレビ局の人で、この中でいちばん偉いんだと紹介すると、そう、偉いのよ、と大きい口で笑った。

「こんにちは。撮影中なのにすみません。邪魔にならないようにしますから」

「あの、それよりちょっと聞いてみるんだけど……」

言いかけて水川さんは、うしろから歩いてきた凪子に気がついて、さっとその頭から足下に視線を往復させた。

「彼女も、お友だち?」

「……そうです、ね。いちおう」

「ちょっと待ってね」

水川さんは、いちばん遠いベンチでビデオカメラを担いだ人としゃべっていた三十代後半と思われる少し目つきの悪い男の人に駆け寄り、こっちを見ながら何度か言葉を交わすと、また戻ってきた。

「あのね、もしよかったら、ちょっと彼女に手伝ってもらえないかなと思って。李花ちゃんといっしょに写ってもらえないかな、ちらっと。ほんと座ってるだけだから」

水川さんがわたしと李花ちゃんと、それから少しうしろで立ち止まったままの凪子の顔を順番に見ながら愛想よく言った。

「あの子に代わりやってもらうってこと？　もう、水川さんはすぐ人を使っちゃうんだから。ごめん、有麻ちゃん、聞いてもらってもいい？」

「えーっと、あのね」

それは無理だろうとわたしはすぐに判断していて、別にわたしが気を遣うことなんてないんだけれど恐る恐るという感じで凪子のほうを振り返ると、一歩も動かずに、そして口に出す答えを思いっきり表情にも出して言った。

「いやです」

見た目がかわいらしいせいか少し離れているせいか、水川さんは凪子のその表情には気がつかずに、もしくは解釈を間違って、愛想笑いを浮かべたまま重ねて聞いた。

「そんな、難しいことさせないから。そこのベンチに座って、ちょっと笑ってくれたら……」

「テレビ、きらい」

よりはっきりした声で言うと、凪子はくるっとうしろを向いて、来た道を引き返していった。

「すいません。あの子、ちょっと変わってて」

凪子の返事がよくわかってないような様子で背中を見送っている水川さんに、わたしは軽く頭を下げた。

「有麻ちゃんが謝ることないじゃん。なんなの、あれ。子どもじゃあるまいし」

李花ちゃんのきつい口調に水川さんは我に返り、慌てて言い訳をするようにわたしの方を向いた。

「ああ、そりゃ、誰でもテレビに出たいわけじゃないわよね。えっと……、じゃあ、あの、聞いてみるんだけど、あなたもいやかしら?」

「ええー。水川さん、それは失礼じゃないですか? あっちがだめだからこっちでもっていうのはさ」

「そうなんだけど、ごめんなさい。でも、ほんと、もしよかったらの話で、もちろんお礼はさせてもらうから」

「そういう問題じゃなくて」

「だって、やっぱり一人でやっちゃうと不自然なのよね。携帯、どうしても新色の両方出さないといけないし」

背の高い二人のやりとりを見上げていたわたしは、やっと口を挟んだ。

「あのー、いいですよ。わたしでよかったら」

「ほんとに？　助かるわあ。ありがとう。ほんと、あそこに座って、一言、言うだけだから」

いいの？　と隣で聞く李花ちゃんを置いといて、水川さんはすぐさっきの目つきの悪い人や頭にタオルを巻いているもう少し若い人を呼んできて、わたしに台本やモニターを見せて場面の説明を始めた。台本は十枚ほどのコピー用紙をホッチキスで留めた簡単なもので、文字も大きくて少なく白い部分が多かった。

蚊に刺されて足がかゆいと李花ちゃんに言うと、ヘアメイク担当の女の子が塗り薬を貸してくれた。それから彼女はわたしを近くのベンチに座らせると、テレビ用の化粧をしはじめた。もうすぐ仕上がるというところで、まず李花ちゃんが覗きに来て、それからさっきカメラの横にいた目つきの悪い人が来た。李花ちゃんが、ディレクターの江田さんだと紹介してくれた。

「悪いね。急に」

愛想のない低い声で、鏡の中のわたしを覗いて江田さんが言った。

「いえ、べつに、わたしでよければ……」

「さっきの子、友だち？」

「……友だちの友だちです。すみません、なんか……」

「だから有麻ちゃんが謝ることないって言ってるのに」

李花ちゃんが横からわたしの前髪を直した。江田さんは腕を組んで、にやっと笑った。

「おれはああいう子、おもしろいけどね。自分の世界があるって感じで」

「なんでもいいけど、周りが困るでしょ。そういうの、いちばんいやなんです」

はっきりとそう言った李花ちゃんに、江田さんは少し意地の悪い言い方で言った。

「でも、かわいいし」

「江田さんは、すぐそれだから」

わたしの肩に掛けていたタオルを取りながら、ヘアメイクの色白の女の子が笑って、李花ちゃんと肯き合った。うるせえよ、と小さく言ってから、江田さんはまた鏡の中のわたしを見た。

「あっちの子はテレビ嫌いだって言ってたけど、きみは出たかったんですか？」

きみ、なんていう呼ばれ方をしたのはもしかしたら生まれて初めてかもしれなくて、わたしは鏡越しの江田さんの顔を確かめるように見てしまった。

「そういうわけじゃないです。時間あるし、困ってるみたいだったからべつにいいかなって」

「あんまり自己主張とかないタイプなんだ」

「うーん、そうかもしれないです」

「意志が弱い？」

やっぱりこの人は意地悪なのかもしれないと思って、どうしてこういう言い方をするのか、どっちかというと興味が湧いてなんて答えようか迷っていたら、代わりに李花ちゃんが言った。

「江田さん、なんでそんな言い方ばっかりするんですか？　あのね、有麻ちゃん、江田さんは好きなタイプの子にはわざと意地悪するんだよ。小学生とかによくいるじゃん」

「そうだよね。こないだも代理店の新入社員の子泣かしちゃってたけど、あとでお茶してんの見ちゃいました、わたし」

ヘアメイクの女の子は、笑いながら手際よく仕事道具を片づけて銀色のメイクボックスに仕舞っていく。

「そんなんじゃないって。単に聞いてるだけ。……もう始めるよ」

江田さんは振り返って、カメラの人と水川さんに頷いてみせた。ベビーカーに子どもを乗せた五人ほどの母親のグループが近づいてきて、こっちに関心を持ち始めた頃に撮影が始まった。凪子はまだ帰ってこなかった。


テニスコートのフェンスに沿って李花ちゃんが携帯電話の画面を覗き込みながらゆっくり歩いてくる。テニスコートは空っぽで、規定の広さがどれくらいか知らないけれど少し狭いように思えた。フェンスには若い緑色の蔓が真ん中あたりまで巻き付いている。葉も上に行くに従って明るい黄緑色で、足下に植えられている膝ぐらいまでの楕円形の葉の植物の深い緑ととてもいいコントラストで、今はそこにちょうど薄日が差していて柔らかい色になり、写真を撮りたいと思ったけれど、動けない。

「ごめんごめん、お待たせー」

李花ちゃんが、大げさに手を振ってわたしが座っているベンチに駆け寄ってくる。

キャミソールが上がっておなかが見えて、李花ちゃんはああいう格好でもおなかが痛くなったりしないのかな、と思った。いつもの李花ちゃんとは違うけれど、こういう李花ちゃんもかわいいからいい。

「遅いよー。あっ、携帯、わたしも替えたの」

何分か前に李花ちゃんと五回練習した、たった一言だけの台詞を言って、李花ちゃんのピンク色の携帯電話の隣に黄緑色の同じ物体を並べた。額に汗を滲ませた無精髭の男の人が肩に担いだビデオカメラをゆっくり近づける。たぶん、もうわたしの顔は写っていない。うしろに、目つきの悪い人、ディレクターの江田さんと水川さんと首からストップウォッチや携帯電話やボールペンをぶら下げたアシスタントの若い女の子がこっちを覗き込むようにして立っている。左の上のほうから伸びている録音用の大きなマイクロフォンが気になって視線を動かしたところで、目つきの悪い江田さんが、はい、オッケー、といい、わたしと李花ちゃんは同時に大きく息を吐いた。テニスコートの向こうに、ゆっくりと歩いてくる瓜子の花柄のワンピースの裾《すそ》が翻《ひるがえ》るのが見えた。

同じことをもう一度繰り返してモニターで写りをチェックしてわたしの出番は終わった。李花ちゃんが一人でカメラに向かってしゃべる場面を撮影している間に、わたしはカメラを出してさっきの植え込みを撮りに行った。戻ってきたところでちょうど、水川さんがみんなにお疲れさまと声をかけ、撤収作業が始まった。李花ちゃんは公園を出たところの駐車場に駐めてあるワゴン車で着替えるというので、慌ただしく動き回るスタッフの人たちの中で所在ない気がしていたわたしはそっちについて行った。凪子はテニスコートの入り口に置き去りにされている粗大ごみみたいなパイプ椅子に座って、片付けの様子をじっと見ていた。

ワゴン車の前の縁石に腰掛けて待っていると、しょうちゃんが自転車に乗ってきた。しょうちゃんもこの近くで撮影があって、早く終わりそうだからこっちの様子を見に通ってみるとさっきメールが来ていた。

「おつかれー。もう終わったん？　テレビ初出演、どやった？　……なんか、すごい目が覚めたような顔」

自転車を路肩に停めたしょうちゃんは、くっきりしたアイラインで囲まれて睫毛《まつげ》も三倍ぐらいの量になっているわたしの目を覗き込んだ。

「ああ、なんか恥ずかしいわ、これ。鏡見ても自分じゃない」

「そんなことないで。けっこうかわいいかも。ええな、おれも出てみたいな、テレビ」

しょうちゃんが振り返った公園のほうから、コードやカメラを担いだスタッフの人たちが歩いてきた。少し離れた別の駐車場に駐められた大型のワゴン車に荷物が収まっていくのを横目で見ながら、しょうちゃんが聞いた。

「昨日、どうなったん、あれから」

「どうもないよ。メールで説明したやん。初対面の女の子と一晩過ごしただけ。結局、鳴海くんに会われへんままこっちに来たし」

凪子がいると電話はしにくかったので、しょうちゃんとはずっとメールで会話した。凪子はわたしに入るなと言った奥の部屋に敷いた布団の上で、なにかわからないけど文庫本を読んでいて、テレビの部屋でわたしが眠ってしまうときもまだ起きていたし、八時に目が覚めたときにはもう朝ごはんの用意に取りかかっていた。

「なーんや。泊まるとか言うから、期待してたのに」

「なにをよ」

「なんか」

わたしもそう思ったけどなんか拍子《ひょうし》抜けした感じ、と言いかけて顔を上げると、凪子が公園の入り口まで歩いてきた。また爪を噛んでいた。わたしは軽く手を振ったけれど、凪子は知らん顔だった。

「あの子、誰?」

「凪子。昨日鳴海くんとこでいっしょに泊まった。なんか知らんけど、ここまでついてきて」

たぶんそのわたしの説明ももうあんまり耳に入らないような状態で、しょうちゃんはぼんやりとつぶやいた。

「めちゃめちゃかわいいやん」

「あー、そうかもね」

そういえば、しょうちゃんはこういうタイプが好きなんだった。少女っぽいというか、儚げなかわいらしい感じが。少なくとも、見た目は。

車が三台通り過ぎるのを待ってから、凪子はこっちに歩いてきて機嫌悪そうに言った。

「まだ帰らへんの?」

「うん。このあとみんなで軽くごはん食べに行くらしいからいっしょにけえへんかって、李花ちゃんが」

「わからへん」

行ったり来たりしているスタッフの人が、ちらちらこっちを見る。

「このあと、なんか用事あるの?」

「別に」

「あの、ぼく、有麻ちゃんの友だちで写真やってるんですけど、今度モデルやってもらえませんか?」

　唐突に勢いをつけて話しかけたしょうちゃんに、凪子はまた作りものの笑顔を向けた。

「仁藤さんの、お友だち?」

「そうそう、大学の写真部でいっしょで」

「そうなんや」

　たぶん一目惚れしたしょうちゃんは、凪子に表面上は微笑みかけられて、当然のことだけど一生懸命話をつなごうとした。大学のときも同じような場面に遭遇したことがあるからよくわかった。

「難しいことじゃなくて、ちょっと立って笑ってもらったらいいですから。あっ、笑わなくてもいいし、立ってるだけで、っていうか座ってても全然……」

「いいよ」

「まじで?　えっと、いつ……」

　あっさりした返事にかえってしょうちゃんは驚いて、携帯電話をポケットから出そうとしたら落とした。ワゴン車のドアがスライドして、李花ちゃんが軽く飛び降りるようにして出てきた。

「お待たせ。あ、しょうちゃん、どうしたの?」

「おれもこの近くで仕事で、たまたま早く終わってここの前通って、ほんま偶然……」

李花ちゃんは怪訝そうにしょうちゃんとわたしの顔を見比べた。

そのあと、近くのファミリーレストランに移動するほんの少しの間に、凪子はいなくなっていた。

八時を過ぎてやっと出てきたしょうちゃんの友だちのバンドはまあまあで、もう片方の全然知らない人たちがものすごくかっこよかった。カフェの二階は真ん中に階段があるからコの字型の空間で、わたしたちはステージというか演奏場所になっている右側の奥と反対側にいて、階段を人が行き来するし柱も邪魔だし、その上小さいテーブルを囲んで座っているので見えにくいのだけれど、それでも全然目が離せないくらいかっこよかった。

ギターを持った男の人と女の人が座っていて、うしろに小さいドラムセットと縦長の太鼓とか金属の筒がぶら下がったのとかいろんなパーカッションに囲まれてる男の人がいた。顔が比較的見えるのはうしろのドラムの人だけで、眉毛も髭も濃くて暑い国が好きそうな感じだった。ステージのすぐ前あたりには何人か立っている人がいたけれど、他はみんな学校の教室くらいの面積にごちゃごちゃと置かれたテーブルの隙間の椅子に座ってお酒やお茶を飲んだり、なにか食べている人もいた。二階の空間全体が白熱灯の曖昧な色で照らされていて、真ん中の道路に面した窓からは向かいの雑居ビルの灯りが見えて夜の暗さが満ちているのを感じられた。

　その空間に、変拍子のリズムが響き渡って、全体を一つの振動で貫いていた。歌を歌うのは男の人のほうで、低くて優しいよく通る声で、でもどこかいい加減な気分もする歌い方で、二つのギターの音は、似ているわけじゃないのに、前に見た映画に出てきたジャンゴ・ラインハルトのギターを思い出すような感じで、とにかくその全体が単純にかっこよくてどきどきした。

　会場にいる人たちは、曲が終わるたびに盛大とはいかないけどまばらでもない拍手をして、それ以外のときは少し体を揺らすぐらいでじっと黙ってステージを見ていた。なんでじっとしていられるんだろう、とずっと思っていた。わたしはこんなに踊りたくってうずうずしているのに、なんで誰も動かなくて黙って聞いていられるんだろう。こんなにかっこいいのに。だけど、わたしもそう思いながら階段の裏側にじっと座っているんだから、他の人はわたしに対して同じように思っているかもしれない。なんでじっとしていられるんだろうって。

　あの人たちがギターを弾いたり歌ったり太鼓を叩いたりすると、壁に映った影が揺れて、空間の光全体も揺れる気がする。音楽の隙間に、階段の下からごはんを食べている人たちのざわめきが聞こえてきて、また誰かがそこから二階へと上がってくる。あっ、今だ、と思ったその瞬間っていうのはほんとうにその一瞬しかなくて、カメラを用意している間にもうどこかに行ってしまう。だから、似たような、それとも全く別の瞬間を待ってカメラをずっと持ち歩いて構え続けるしかない。幸運なことに、わたしはそう思える瞬間に何度も出会う。これからだって数え切れないくらいあると思う。ただ、それを自分で作り出すことはできない。自分の目が、カメラになっていたら便利かな、と思う。カメラを出してきて構えなくても、今この瞬間に見ているものの全部をあとでプリントできたらいいのに。でも、もしかしたら、しょっちゅうカメラを構えて目の前に見えるものが写真になったところを想像しているわたしの目は、あとでプリントするもの、みたいな感じでなんでも見ているのかもしれない。今、壁に映っている影の波のような模様も、人の隙間に見えるあの人の歌う顔も。

「めちゃめちゃかっこよかったなあー。やっぱり、ギター練習しよ」

蛇行した道で自分も蛇行して先頭を歩くしょうちゃんは、また同じことをわめいた。何度かバンドをやると言ってギターも買っていたけれど、ちゃんと形になったことはまだない。

「どうやったらあんなかっこいいことができるんやろなあ。すげーなあ」

「わたしも、あんな感じって初めて見たけど、かっこいいって思った」

隣で李花ちゃんも、暗い空を見上げてさっきも言っていたことをまた言った。サンダルの細い踵《かかと》の音が、マンションや家が並ぶ静かな道に響いている。電車を乗り換えたほうが早いのに、二駅分くらい歩かないといけない別の路線の駅からしょうちゃんの家に向かってしゃべりながら歩いてきた。

「あんまりライブとか行かないんだけど、たまに行くといいことあるね」

李花ちゃんがこっちを向いて笑ったので、誘ったほうとしてはうれしくて、そのわたしを誘ったしょうちゃんも振り返った。

「そうやろう？　今日は凪子ちゃんにも出会えたし」

「またそれや。よっぽど気に入ってんねんな」

うしろからすうっと強いライトの光が差して、振り返ると曲がった道に合わせて角度を変えながら近づいてくる。光が強いからすぐ近くを通り過ぎるまでどんな車かはわからない。

「電話してみてよ。モデルしてくれるって言うてたし」

「いいけど、鳴海くんのことすごい好きみたいやで」

今だって、また鳴海くんの家にいるかもしれないし。と言いかけて、やめた。メールで東京にいる間にまた会えそうなのかどうか聞いたのに、鳴海くんからの返事は、ありがとう、また電話する、だけの短いもので、答えてほしいことが書いてなかった。

「関係ないって、そんなことは。おれはあんなかわいい子が目の前に現れた、しかもそれを写真に撮れるっていうだけで幸せやから。そんなに多くは望んでないねん」

「あほか」

と、大阪弁を真似して言ったのは李花ちゃんだったけれど、その顔はすごく楽しそうだった。また自動車が、今度は二台続けて通った。どっちも大きくてたくさん乗れそうな車だった。右側の家を見上げると二階の出窓には灯りがついていてディズニーのぬいぐるみがいくつも並んでいた。この家に住んでいる人をわたしは知らない。でも、明日知り合うかもしれない、って思うのも、さっきのギターのせいに違いない。

「かっこよかったね」

車が通りすぎて静けさが戻った道に、わたしの声が響いた。しょうちゃんが、おお、と言った。風はほとんどなかったけれど、暑くなかった。腕を出していると涼しいくらいだった。

「有麻ちゃん」

李花ちゃんの声は、さっきまでよりもはっきりしていた。

「うちに泊まらない？　東京にいる間の残り」

道の両側にはどこまでも家ばっかりあって真夜中でもないのに人通りもほとんどなくて、この辺に住んでいる人は買い物が不便なんじゃないかなと思った。次の角でも曲がれば深夜営業のスーパーなんかがあるのかもしれないけど、わたしにはわからない。

「なんか、お母さんがだめとかって言ってなかった？」

「そうなんだけど、いいような気がする。四月に妹が仙台に引っ越したから部屋も余ってるし、しょうちゃんちより快適だよ、たぶん。ほんとは前に有麻ちゃんが東京来たときも、うちに泊まってもらおうかなって思ったんだ」

李花ちゃんはうれしそうだった。なんで李花ちゃんがそう思ったのか、いっしょにいるからわかる気もしたけれど、わかっていないことのほうが多いんだろうっていうこともわかっていた。

「ほんとに？　急に行ってお母さんに迷惑じゃない？」

「怒るかもしれないけど、たいしたことないよ。なんか、そう思ったんだ、今」

李花ちゃんは手に持ってぶらぶらしていた赤く染められた麦わらのバッグを肩に

かけ直し、わたしを見て頷いた。無灯火の自転車が通った。

「じゃあ、そうしようかな」

「えー、おれも李花ちゃんちにいっしょに行きたいなあ」

「わたしはいいけどね、たぶん無理」

無理、という単語にわざと力を入れて李花ちゃんは笑った。

「じゃあ今から荷物取って李花ちゃんちに行く」

「なんか、すごい楽しいかも。今。すごくいい気分」

李花ちゃんは細いヒールのサンダルで軽やかに跳ぶように歩いた。少し前を行くしょうちゃんが見上げるようにして言った。

「おれ、思うねんけど、たぶんそういうことやねんで。なんか急に、いつもと違うこととか新しいことをやってみようとか思う瞬間があって、それでいつも実際やるわけじゃないけど、たまにほんまにやってみるときがあって、なんでかわからんけど、できるときがあって、そういうのだけがちょっとずつ変えていけるんちゃうかなあ、なんかを」

黒い空に飛行機の小さな灯りが一定のスピードで滑っていく。わたしはちょっと足を速めてしょうちゃんに並んだ。

「かっこいいこと言うやん。飲んでないのに」

そうやろ、と言うしょうちゃんの左腕の肘のあたりにこすったような茶色い傷があるのに気がついた。

「これ、どうしたん?」

「あー、昨夜《ゆうべ》仕事のあとで飲みに行って、十一時から一時ぐらいまで記憶がなくて、朝起きてから気がついた。なんやろな。ここもなってるねん」

しょうちゃんはジーンズの右足をめくってくるぶしの上を指さした。あとここも青いし、と右腕の内側も見せたけれど、暗いからよくわからなかった。李花ちゃんも横に並んで、傷を覗いた。

「いつか大変なことになりそうだね」

「誰も思いつかへんようなすごいことやってみてよ。死なへん程度に」

「なんとでも言うて。おれは今、ええ気分やから大丈夫やで」

それはわたしにもわかる。同じ気持ちかどうかはわからないけれど、たぶん感じられる。向かいからヨークシャーテリアを二匹前に歩かせたおなかの出たおっちゃんが歩いてきた。首にタオルを巻いて、携帯電話で誰かとぼそぼそ話している。

「でも、明日、一人で目が覚めたら、仕事行くんいややなあ、とか思ってるねんで」

「ま、そうやろな」

だけどしょうちゃんは、明日になって仕事場に行ってもそのままずっと半分笑ったような顔でいそうな表情をしていた。たぶん、わたしもそんな顔をしていると思う。

「あのさ、すっごいトイレ行きたいんだけど、しょうちゃんち、まだ?」

李花ちゃんがしょうちゃんのTシャツを引っ張った。そこやで、としょうちゃんが言って工事現場の白いテントを右に曲がると、全然知らない場所にいると思っていたのにしょうちゃんのアパートの前の道で、嘘の道順を教えられていたみたいなへんな気分がした。

金曜日

昨日よりは蒸し暑かった。でもきっと大阪に比べれば全然暑くないと思う。

皇居に初めて行った。はとバスが停まった坂下門前の広場は平べったく広がりのある空間で、まんべんなく白く曇った空もとても広く見え、その裾には四角いビルが整然と並んでいた。東京はこういう場所があるから好きだと思った。遅いお昼休みも終わった時間で、ちょっと想像してみたような休憩中のサラリーマンなんかは見あたらなかった。

「天皇がここに住んでいるんですか？」

英語のガイドブックと見比べながら、だいたいそんな意味のことをくせのある英語でマルコさんが言った。ルクセンブルク人で会社の取引先の社長で四十三歳で背が高かった。

「たぶんこの奥のほうにいます」

使い方が合っているのかどうか自分でわからないけれど、そんな意味になるように英単語を並べて返すと、マルコさんは聞き取れない早口でなにか言いながら頷いて、小型のデジタルカメラを濠のほうに向けて写真に撮った。

その濠端《ほりばた》で凪子は、しゃがみ込んでじっと水面を覗いていた。鯉か亀でもいるんやろうか。

「それでは、二重橋を見に行きます」

二十歳を過ぎたばかりぐらいに見えるガイドさんがよく通る声で告げると、散らばって記念写真を撮っていた十五人ほどのお客さんたちがぞろぞろと集まってきた。ダブルブリッジ、というそのまんまの英語が浮かび、でもなにが二重なんやろう、と考えながら、とりあえず、レッツゴー、とマルコさんに言った。言ってから、もうちょっと丁寧な言い方のほうがいいのかなと思った。

振り返ると凪子が、眩しそうに空を見上げながら、今日は薄いカーキ色のノースリーブのワンピースの裾に風を受け、自分の意志ではなくて足が勝手に歩いているような無関心な歩き方でついてきた。

はとバスは、渋滞というほどではないけれど、あまり速くは進めない高速道路を走った。真ん中の右側の座席に、マルコさんが窓側、わたしが通路側で座っていた。マルコさんは黙ってずっと、防音壁とその外側のビルくらいしか見えない窓の外を向いている。

「このあたりは東京でも有数のオフィス街で、金融関係をはじめ製薬会社なども多く……」

聞き取りやすい声のガイドさんが、どこもつっかえることなく話し続けている。

朝、李花ちゃんの家で朝ごはんを食べていたら後藤さんから電話がかかってきた。うちの会社の製品に取り付ける計測器の特許使用契約を結ぶために来たルクセンブルクの会社の社長さんと一日東京観光にいっしょに行ってほしい、ということを電話だから例の丁寧な言葉遣いで言った。英語が得意な所長が出られなくなりまして、他に頼める人もいませんし、お休みのところ申し訳ないとは承知しておりますが、ただではとバスに乗れるし今度食事でもごちそうしますから、行っていただけないでしょうか、お願いします。

「江戸時代には武士と町人がそれぞれの町に住み分けていて、地名でちょうと読むのが職人などが住む地域、御徒町《おかちまち》などまちと読むのが武士の町です」

バスの座席は三分の一くらいしか埋まっていないから、わたしも別のところの窓際に座って外を眺めていたいけれど、そういうわけにもいかない。通路を挟んで反対側の座席には凪子がいて、こっちには背を向けて靴を脱いで座り、二人分の座席に足を伸ばして悠々と外を見ている。

後藤さんの電話を切ったあと、今度は凪子から電話がかかってきた。昨夜電話したやろ、なんか用事？　しょうちゃんがどうしても連絡してくれって言うからかけた電話に、忘れたころに返事をしてきた。しょうちゃんのモデルをすることについては適当な返事しか返さず、わたしに今日はどこに行くのか聞いてくるので、ルクセンブルク人とはとバスツアーだと説明すると、皇居も浅草寺も行ったことがないからわたしも行きたい、と言っていた。言っているだけかと思っていたのに、東京営業所からマルコさんを連れてたどり着いた東京駅のはとバス乗り場に、凪子が座っていて驚いた。

「いつもこんなに道路が込んでいるんですか？」

マルコさんが、たぶんそういう意味のことを聞いた。百八十センチメートルはあってがっしりした体格なので、座席は窮屈で申し訳ない気がした。薄いブルーの半袖シャツは高級そうで、プラダのスニーカーを履いていた。

「そうだと思います。でも、わたしは東京に住んでいないから、正確にはわかりません」

英語なんて、音楽と映画で聞く以外は、大学を卒業してからほとんど読むことも話すこともなかった。なるべく単純な言葉で答えるようにしているのだけれど、マルコさんにはもしかしたら子どもがしゃべってるみたいな、頭の悪い感じに聞こえているかもしれない。

「ユア・カンパニー……」

マルコさんがなにか聞いたけれど、最初のそこしか聞き取れなかった。黙ったまま目で助けを求めると、マルコさんはもう一度、速度を落として繰り返した。今度は途中の何か所かも聞き取れた。本社があるところは東京よりも小さい街なのか。もう少し別のことも聞いている気がしたけれど、要点はそうだった。

「五分の一ぐらい」

わたしは両手を最初は五十センチくらいに広げて「東京」と言い、それから十センチくらいに狭めて「大阪」と言った。言いながら、七分の一か十分の一かもしれないとも思った。マルコさんはわたしの手と顔を灰色の目で見て頷き、わたしの住む街はもっと小さい、と言った。会話を続けたほうがいいんだろうなと思うけれど、ルクセンブルクについての知識もなくてなにかないかと焦ると余計に話題も思い浮かばなかった。マルコさんはそんなに退屈そうにも見えなかったけれど、わたしの焦っているのがまるわかりの下手な英語を隣で凪子が聞いていると思うといやだった。

大きな窓ガラスの向こうには、相変わらず高速道路の壁の上に、似ているけれど少しずつ高さや色が違うビルがゆっくり、そして次々と現れた。今までは知らなかったけれど、こういうところも確かに東京の街なんだって、はっきりとした実感があった。わたしだけじゃなくてしょうちゃんも東京生まれの李花ちゃんも凪子も、たぶん、こんな景色は見慣れていないと思うけれど、しょうちゃんちの近所も鳴海くんの住んでいる街もここも、それからこれから黄色いこのバスで巡る名所も、みんな一つの街だっていうことが、おもしろかった。

「東京は好きですか?」

マルコさんが聞いたので、わたしは、イエス、と答え、あなたもですか? と聞き返した。

「まだわからない」

マルコさんはわたしを見てちょっと笑った。

雷門の赤い提灯は、思っていたより随分大きかったし、新しかった。ガイドさんが今の提灯はいつ新調されたのか説明したけれど、すぐうしろで台湾から来たらしいツアーの一団が大声でなにか言いながら記念写真を撮り合っているのに気を取られていて聞き逃した。だけど、隣のおじさんたちの会話から現在の雷門を作ったのは松下幸之助だというのはわかって、東京の名所でそんな名前を聞くのは意外だったので、マルコさんにパナソニックの創業者だと説明したら通じたみたいでうれしかった。

説明を続けるガイドさんについて、わたしたちはぞろぞろと仲見世を歩いた。まだ夏休みでもないし修学旅行シーズンでもないので、それほど混雑してはいなかったけれど、派手な色遣いのせいか賑やかに見えた。凪子は相変わらず距離を取って、いちばんうしろをふらっと散歩に来たふうで歩いていた。

浅草寺の広場で、五十分後に集合することを言い渡されて自由行動になった。マルコさんが、トイレに行ってくるしあなたもしばらく好きなところを見たらいいよ、と言ったので、わたしはようやくカメラを出してきて、境内を歩いた。

砂埃《すなぼこり》が立つ細かい砂利を踏んで、わたしは本堂へと歩いた。境内はとても広くて、さっきまでバスから見ていた建物の詰まった景色とは大きさの基準が違うような気もした。東京にたくさんある超高層ビルも人に比べて大きすぎると思うけれど、そういうのとはまた別のスケール感を皇居でも感じたし、ここでもだだっ広い空に見下ろされているような感覚が気持ちよかった。

本堂の正面にも赤い巨大な提灯があった。大阪でも京都でも奈良でもこういうのは見た覚えがなく、東京では他にお寺に行ったことがないから、江戸ではお寺には提灯があるものなんやろうかと気になった。二十五円、お賽銭《さいせん》を入れて手を合わせ、階段を降りる。広場というのでもないただ何もない場所の向こうには五重塔が立っていて、白い空に黒い影になって見える。そのうしろには深い緑の葉が茂っていて、さっきガイドさんが説明していた日本庭園はそこなんだろうと思った。境内には鳩がたくさんいて、五重塔の前とそれから階段を降りきった左に特に大きい群が地面をつつきながらせわしなくうろついている。観光ではなくて近所だから毎日来ているという感じの、手ぶらの小さいおばあちゃんが、わたしと入れ違いに階段をゆっくり上っていく。そのおばあちゃんの丸い背中をなんとなく目で追っていると、浅草寺ができてから正確にはわからないけれど何百年もの間、毎日のようにこの階段を上っていった知らない人の背中が思い浮かぶようで、カメラを向けるけれど、また本殿の朱塗りの柱や梁《はり》の鮮やかさが気になり、そしてどこにカメラを向ければいいのか、わからなくなってしまう。

仲見世の土産物屋さんを順番に覗いた。マルコさんには八歳と五歳の男の子がいるというのは、バスの中で聞いていた。

「これなんか人気あるよ、きれいでしょ、色が」

マルコさんがめくっていた、土産物用の着物の奥から出てきた威勢のいいおばちゃんが声をかけてきた。着物は本物ではなくて、という表現はおかしいのかもしれないけれど、つるつるした生地で薄っぺらく、飾るかちょっと羽織ってみる程度しか使い道がなさそうで、外国からの観光客のためにこういう物があるんだっていうことを初めて知った。

「女の人はこれも好きだけどね。スーベニアー・フォー・ユア・ワイフ?」

おばちゃんが日本語っぽいはっきりした発音で聞くと、マルコさんはちょっと笑って、イエス、と答えた。おばちゃんはわたしにも、これ似合うよ、と赤地に菊の柄の着物をあててみたりして、その気易さは大阪を思い出させたけれど、そういうのは東西の違いより市場や土産物屋で商売してる人の共通した気質というもののほうが強いんだろうと、前に旅行で行ったバンコクの市場のことも思い出した。

ぺらぺらの着物は買わないでそのまま隣の店に移った。店頭のガラスケースには木を細かく彫った置物と木刀が並んでいた。

「日本では、男の子はお土産によくこれを買います」

わたしは木刀を指し示して、マルコさんに言った。マルコさんは大きい体を屈めてガラスケースを覗き込んで、わたしに早口でなにか言った。少し難しい顔をしていたので、いらないいんだろうとは思った。聞き返すと、マルコさんは首を振り、言葉を繰り返した。「Weapon」、という単語が聞き取れた。子どもに武器を持たせたくない、と言っているのだとわかって、ごめんなさい、と言おうか、それはいいことです、と言おうか、ごっちゃになって言葉が出ないでいると、うしろから聞き慣れない言葉が聞こえた。

振り返ると、凪子が立っていてマルコさんになにか話し掛けている。だけど、その言葉が全然聞き取れない。ほっとしたような表情でそれに応えるマルコさんの言っていることも全然わからない。

「子どもに武器は持たせたくないねんて」

凪子がわたしに言い、それはわたしもわかったのに、と思っているあいだも、凪子とマルコさんは会話を続け、まだその言葉が全然わからないからわたしはそんなに英語ができなかったのか、じゃあマルコさんは困ってたんじゃないのかな、と焦っているからいろんなことが頭に浮かんだ。

「子どもは、カードがほしいらしいわ。遊戯王とかああいうの。こんなとこでは売ってないやんな」

通訳してくれる凪子に、マルコさんがなにか言って、凪子が頷いたところで、やっとわたしは気がついた。

「凪子、ドイツ語しゃべれるんや」

「難しいことはわかれへんけど」

安心したような笑顔のマルコさんと話す凪子を、そういえば文学部の大学院生だとか言っていたけれどドイツ文学専攻だったのか、と思いながら見ていた。

「デパートとか、このあと行く?」

「行かへんと思うけど……」

「あっそう」

凪子が説明すると、背の高いマルコさんは凪子の耳に顔を近づけてなにか言った。

「ルイ・フィトン」という部分だけがわかり、ドイツではそういう発音なのかと妙なところに感心しているわたしに、凪子は構わずに器用にドイツ語と日本語を話した。

「奥さんがヴィトンほしいって言うてはるねんて。でも、日本のほうがよけい高いんちゃうの?」

凪子に返事をしながら、他の土産物を見ようとうしろに下がると、軒先から鈴生りにぶら下がっている提灯《ちょうちん》型のお土産物に頭が当たった。隣でキーホルダーを物色していた、同じツアーのおばちゃんに笑われた。仲見世の石畳に、鳩の一団が舞い降りた。


大学三年の夏休みに初めて東京に来たときには来なかった、東京タワーのいちばん上の展望台に上がった。

「わー、全然眺めが違うやん。よかったね、仁藤さん」

エレベーターの扉が開いて踏み出した瞬間にそう言ったっきり、通訳を期待していた凪子はさっさとガラスに張り付いて黙って外を見ている。

「信じられないくらい人がたくさん住んでるんですね」

マルコさんが、きっとあまり得意ではない英語で言う。凪子がガイドしてくれたらいいのに、とわたしだけじゃなくてマルコさんも思っていて、二人ともちらちら凪子のほうを窺いつつ、でも凪子のほうは気にも留めない様子で携帯電話のカメラで外を撮影している。

「東京はいつ来ても人が多いです」

答えになっているのかどうかわからないようなことを既にしゃべるのが苦になってきた英語で答えて、ほんとうに終わりが見えなくて気が遠くなるほど建物で埋まった地面を眺めた。

東京タワーは一階からエレベーターで展望台に昇ると、そこは中間地点に過ぎなくて、そこからいちばん上にある「ほんとうの」展望台に行くにはさらにお金を払わないといけないことを知らされる。前に来たときは、お金もなかったし、いっしょに来た友だちとも、こんなやり方は詐欺や、大阪では考えられへん、最初から一階で料金を分けられてるほうがましや、と文句を言い合って盛り上がってしまい、そのときは結局上には行かなかった。今日も、ツアーの料金に含まれている途中までのつもりでいたのだけれど、マルコさんがわたしと凪子の分もお金を払うからいっしょに行きましょう、せっかくだし、と提案してくれた。「ほんとうの」展望台に来てみると、下の展望台はやっぱりそのへんの高いビルとたいして変わらなかったと思ってしまうくらい、全く感覚の違う眺めが見え、やっぱり途中でもう一回お金を払う方式なんてずるいと思った。みんなここまで来たほうがいいのに。

中間の展望台よりずっと狭くて静かで、青く塗られた空間をゆっくり回りながら、マルコさんはデジタルカメラを地上に向け写真を撮り始めた。横から大きめの液晶画面を覗くと、小さな建物がびっしり詰まった景色が写っている。すぐ前に見えている景色と同じだけれど、少し色が鮮やかに見える。大学のころ、初めて人が持ってきたデジタルカメラの液晶画面を見たとき、そこに写っているのは今の瞬間なのに前に録ったビデオを見ているような、というよりも、その画面を通して見る周りのものが、もうすでに「思い出」の一場面になってしまったような感じがして、それだけが理由ではないけれど、あの感覚を思い出すとなかなかデジタルカメラを手にできない。今は携帯電話のカメラだってときどき使うから、もう慣れたと思っていても、やっぱりマルコさんの手元を覗くとそんな気分になる。自分のカメラを右手に持ったまま、わたしはマルコさんが見ているもののほうに気を取られていた。

この展望台にまで上がってくる人はやはり少ないようで、二十人ほどしかお客さんはいなかったし、同じバスで来た人では三人組のおじさんたちしかいなかった。

少し離れたところにかなりの面積が緑に覆われたところがあり、説明図によると青山霊園のようだった。想像していたよりすごく広そうで、まだ行ったことがないから今度行ってみようと思った。その手前に、大規模な建物を造っているのが見える。ガラス張りの曲線が見えているその建物も周りでゆっくりと動いているクレーンも、近くで見たら大きさの感覚が狂ってしまうくらい巨大なものだと思うけれど、ここからだと完成予想の模型みたいだった。足下を覗くように下を見ると、高級そうなこぢんまりしたマンションが余裕を持って並んでいる一角があった。どんなお金持ちがこんなところに住んでいるんやろうかと思うけれど、縁がないので想像がつかない。その隙間を走る自動車や、それから歩いている人も、離れているのに驚くほどくっきりと見える。すごく高いところから下の景色を見ているといつも、子どものころに雲の上から自分がいるところを見たらどういうふうに見えるんだろうと想像したのを思い出す。その想像をしているときは、いつも怖かった。高いところが怖いというわけじゃなくて、自分が違う世界に行ってしまいそうな気がしたのかもしれない。

また視線の角度を変えて北の、鳴海くんの家の方角を見た。電車に乗った距離の感覚では、あの団地の高い建物もはっきりわからないくらいには遠い。ここからでは、鳴海くんと歩いた住宅地の間の道があの中にあるなんて思えないけれど、離れたからって消えてしまうわけではないからちゃんとあるのだと思った。

　手前では大きく見える建物が縮小されていって目がおかしくなるくらいごちゃごちゃと詰まってそれがぼんやりと見えなくなる、そこがいちばん遠い地点で、視界の先が山で終わらないのが大阪とは全然違うと思った。土地は東京ではどこに行っても起伏があるのに、どうして大きい山はないのかと不思議になる。東京タワーも、大阪の町なかでは信じられないくらい急な斜面の途中にあった。

　写真を撮りながらゆっくり右方向に移動していたマルコさんが、下を指さして聞いた。

「あれは、なんですか?」

　見下ろすと、ほぼ真下によく茂った木に囲まれた一角があり、お寺らしい黒い瓦屋根が見えた。

「お寺です」

「そのまえの、石みたいなの」

　頭をガラスにくっつけるようにして覗き込むと、灰色の四角い石が並んでいた。お墓。なんて言うんやったっけ。

「grave」

　ようやく思いついた単語を言ってみたけれど、発音が悪いのか間違っているのか、マルコさんは腑《ふ》に落ちない顔をして、どういう意味か、と聞く。わたしは二回繰り返したけれどやっぱり通じなくて、さっきも「rain」が通じなくてRとLの発音が区別が付かないという基本的なことを凪子に指摘されてしまった。すぐ近くで携帯電話で撮ったばかりの写真を送信しているらしい凪子は、聞こえているはずなのに助けてくれる様子が全然ないので、なんとか自力で説明しなければと思った。

「Dead man is there」

自分でも、そんな言い方はないなと思った。凪子が横で笑った。

「ゾンビ出てきそうやん」

じゃあ、自分が説明してよ、と言いたかったけれど、わたしの会社のお客さんだし仕方がない。でもマルコさんには、それで通じたようで、

「ヨーロッパの墓地とは雰囲気が違いますね」

というようなことを言ってくれた。凪子はマルコさんに微笑みかけ、

「仁藤さん、ちゃんと通じてるみたいやよ」

とわたしに言った。マルコさんはまた熱心に写真を撮りだした。遠くも近くも。

「もうちょっと、通訳してくれたらうれしいねんけど」

凪子は、熱心に携帯電話の画面を見ていた。

「ちょっと待って。今、岩井さんからメール来てん」

「なんで」

思わず、言ってしまった。しかも、明らかに驚いた声で。

「写真送ったから。今、やっとお昼ごはんやって」

わたしが朝送ったメールには返事がないのに。

「そうなんや。忙しいんやね」

「うん」

凪子は、たぶんわざと携帯電話で文字を打っているところをわたしに見せつけて、また一通メールを送信した。美菜ちゃんのことも結婚するマサコっていう人のことも、自分でも不思議なくらい気になったことがなかったのに。

「そろそろ大阪帰るんやろ。岩井さんのとこ行けへんの？」

ぱちっと音を立てて携帯電話を折りたたみ、凪子がわたしを見る。そのうしろのガラスの向こうでなにかが一瞬光ったのに気を取られて外を見るけれど、なにかわからない。遠くの飛行機かなにかだと思う。

「わからへん」

会うんだったら、もう明日しかなかった。凪子はわたしを、試すようにじっと見て言った。

「岩井さんは、仁藤さんに会いたいと思う」

いていた。

凪子は艶《つや》のある前髪を左右に払った。形のいい耳たぶに、小さな赤いピアスがつ

「なんでそう思うの？」

「言わへん」

わたしは凪子に、修学旅行のときのことを話してみようか、と思いはじめていた。

「会わせたいの？」

「わからん」

凪子はずっと目を逸らさなかった。

「何かあったんですか？」

いつの間にかうしろに立っていたマルコさんが英語で言った。

わたしにはわからない言葉を、凪子が返した。外は相変わらずの曇り空だったけれど、上がってきたときよりも日が傾いているのはわかった。

サラダといっしょにパスタも持ってきたのを、マルコさんは怒った。アルバイトの若い女の子は英語がわからない様子だったけれど、マルコさんはわたしに訳させないで直接彼女に言い、彼女が呼んできた店長らしい中年の男の人にも、訛《なま》りのある英語ではっきりと説明した。ヨーロッパの人は一つずつ順番に食べるんや、と妙

に感心しつつもわたしはひやひやしていたけれど、店長さんはお詫びを言ってパスタのお皿を下げた。その後ろ姿を見送ってから、マルコさんが言った。

「すみません。順番が違うから」

「いいえ。こちらこそすみません」

わたしは少し緊張を感じながら、フォークとナイフを取った。しかもサラダはまるごとのチコリに下ろしたチーズがいっぱいかかったもので、食べにくかった。ここに凪子がいたら、凪子のほうが無茶を言ってそして飄々《ひょうひょう》としていそうだから、それにつられてわたしも平気でいられるのに、と今さら頼りたくなってしまう。

東京駅でツアーが解散になったところで、凪子は誰かから電話がかかってきて、またあっさりと帰った。凪子は電話が誰からだとかどこに行くとか、何も言わなかった。話し方からして相手は鳴海くんじゃないだろうとわかっているのに、今ごろ鳴海くんの家にいるんじゃないかと、思い出したようにときどき気にかかる。

「日本は、どこの国の料理も食べられますね」

マルコさんが、窓の外に目をやって言う。見えるいくつかのオフィスビルは、まだらに灯りがついている。白く光って中のフロアが丸見えのところのほうが、まだ多いくらいだった。その向こうには昼に行った皇居があるのだろうけれど、ビルとビルとの隙間にある暗いところがそうなんだろうと思うだけで見えるという感じはしなかった。三十メートルほど下の道を歩く人は、だんだん減ってきた。それと対応するように、ビルの中にしては広く感じるイタリアンレストランの客席は少しずつ埋まっていく。

「中華料理は好きですか？」

知っている言葉が少ないと、質問も的はずれなものになってしまう、と今日一日で学んだ。

「あんまり好きじゃないです」

そして会話が続かない。チコリのお皿をだいたい半分片づけたマルコさんは、テーブルの上で大きな手を組み、また外を見た。光が溢れている夜は好きだ、と思った。でもそれをなんて言っていいかわからなかった。マルコさんのもわたしのも、グラスのワインはあまり減らない。わたしが苦戦してチコリを食べ終わると、同じ女の子が作り直されたトマトソースのパスタを持ってきた。

「おいしいですね」

一口食べたマルコさんが言ったので、わたしはほっとした。結局会社の人は夕方になっても誰も来られなくて、このあとマルコさんは品川のホテルに帰るだけだった。

「ルクセンブルクでは、どんなものを食べるんですか？」

「普通です。肉とか魚とか野菜とか」

また会話が終わった。ヨーロッパの人だからと考えて、サッカー好きですか、と聞いたら、あまり興味がない、と言われ、なにかスポーツやってますか、と聞いたら、特にない、と言われた。話したくないとかではなくて、マルコさんのほうも困っているのはなんとなくわかる。マルコさんのうしろのテーブルに、会社帰りらしいカップルが案内されてきた。女の人は、席に着く前に振り返ってマルコさんを見た。

「あの人、体操してますね」

マルコさんが、向かいのビルの少し下の階を指さした。窓際にスーツ姿の人がシルエットで見え、ラジオ体操のような動きをしていた。これから残業なのかもしれない。仕切りがなくずっと奥のほうまで見える机のたくさん並んだオフィスにいるのは、その人だけだった。

「彼は疲れてるのかもしれないですね」

「あなたは？」

ワイングラスの縁を指でなぞりながら、マルコさんがわたしを見た。色の薄い睫毛って、目が痒くなりそうだ、と思った。

「疲れてないですか？」

「いえ、全然。マルコさんは？」

「大丈夫。楽しいです」

それからまたとぎれとぎれの会話が何度かあってパスタを食べ終わると、子羊のローストが運ばれてきた。そのあいだに、窓の外ではいくつかのフロアの明かりが消えた。

「日本は、最新の車ばっかり走ってますね」

子羊が半分ほどに減ったところで、マルコさんが窓の下を見て言った。街灯とビルの明かりに照らされた真っ直ぐな道路には、途切れることなくぴかぴか光った自動車が滑らかに走って停まってを繰り返していた。

「車、好きですか？」

「うん。大好きです。高速道路をすごく速いスピードで走るのが趣味だ」

マルコさんは、今までとは違ううれしそうな顔で笑い、グラスに残っていたワインを飲み干した。うしろの席のカップルもワインを飲んでいる。

「そうなんですか。わたしも、Ｆ１好きですよ」

何の気なしにそう言うと、マルコさんは笑った顔のまま、ん？　と聞き返した。

「あ……、フォーミュラ、ワン」

「ほんとに？」

今までと反応が全然違った。マルコさんはボトルに残っていたワインを、自分とわたしのグラスに分けて注いだ。

「テレビでよく見ます」

やっと、一日の終わりになってやっと、話の糸口が見つかったので、わたしもはしゃいだ気持ちになった。

「日本だったら鈴鹿ですよね。見に行くんですか」

「見に行ったことはないです」

「どうして?」

「……チケットを取るのが難しいから」

ほんとうは、鈴鹿に見に行こうとまで思ったことはないのだけれど、わたしはそう答えた。

「そうか。そうだろうね。ヨーロッパでもすごく人気があるから、わたしもチケットを取るのはいつも苦労します」

マルコさんは片手を挙げ、店員さんを呼んだ。そして、もう食事は終わりかけなのに、ワインをもう一本頼んだ。

「見に行ったことあるんですか?」

「毎年一回は行きます。ヨーロッパの会場は国が違っても近いから、どこかには必ず。帰ったら、ホッケンハイムに行くよ」

「ほんとですか？　いいなあ」

言葉が、今までと違ってわかる。わたしがF1を見るようになったのは、修学旅行で鳴海くんといるときに鉢合わせした彼の影響だから、その彼に感謝したくなった。

マルコさんは、新しく来たワインを、また自分とわたしのグラスに注ぎ分けた。

「わたし、シューマッハがいちばん好きなんです」

ボトルを持った手を止めて、マルコさんは目を丸くした。ほんとうに、丸くなった感じだった。

「ほんと？　ぼくは、ミヒャエルとは何度も会ったことがあるよ」

「えっ、ほんとですか？」

マルコさんは自慢げに頷いた。

「友だちが彼のメカニックのスタッフで入っててね、結構長いつき合いなんだ。去年は、家にも行きましたよ」

「ほんとに？」

わたしはばかみたいに同じ単語を繰り返した。後藤さんや会社の人や、それからしょうちゃんに言っても、ほんまかぁ？　って言われると思う。自分だってそう思う。でも、今、目の前でマルコさんはシューマッハの友だちだと言っている。

「今年は調子がよくなくて、残念ですね」

わたしも急にワインを飲むペースが上がった。まだ残っている子羊からは、ワインとよく似た色の血が白いお皿に流れている。

「ルールを変えすぎだよ。あれじゃ、調子が狂って当然ですね。車の調整もうまくいってないし。でもだんだん上がってきてるから。……あっ、今、写真持ってるかも」

早口になってきたマルコさんは隣の椅子に置いていた鞄を探って、茶色い革の手帳に挟んでいた写真をテーブルに置いた。ツーショットの写真を期待していたのだけれど、テレビで見慣れた赤いフェラーリの車体がサーキットをおそらく試験走行しているときのもので、ドライバーはヘルメットを被っていてそれがシューマッハなのかどうかもわたしにはわからなかった。

「あげますよ」

「ほんとですか?」

「ほんと」

さっきから「really」ばっかり言い合っているから、マルコさんもおかしいみたいで、ちょっと笑いながら写真を渡してくれた。わからないけど、これはシューマッハだと、わたしは思った。

マルコさんはチーズとバケットを追加注文し、それでわたしたちはワインを飲んだ。マルコさんが三分の二は飲んだ。体操をしている人がいたオフィスがいつの間にか真っ暗になっていることに気づいたころに、やっとデザートを選んだ。隣のテーブルにいたおじさんと若い女の人は食事を終えて席を立ち、代わりにスーツを着た女の人二人組が案内されてきた。

「ユマさんは、どんな仕事をしているんですか?」

マルコさんの色の薄い目は、目の中身が見えてしまいそうで怖い、とそれなりに酔っているせいもあって思った。

「書類を作ったり……、うーん、アシスタント、ですね」

「そう」

マルコさんはデザートを頼まなかった。わたしに、好きなのを選んで、と言った。白いテーブルクロスに、少しだけ残ったワインの影が映っていた。

「ほんとは」

向かいのビルの同じ階は、まだ煌々と光っていて、何人か机に向かっているのが見えた。

「ほんとは、写真家になりたいんです」

正確には、いい写真を撮りたい、と言いたかったのだけれど、簡単な言い方をしてしまった。

「いいことですね、それは」

「会社の人には、ないしょですよ」

「わかりました。秘密ね」

さっきまでとは違う女の子が、チョコレートケーキのお皿をわたしの前に置いた。


反対側のドアの前に立っていたから降りるときに困る程度に混雑した中央線に乗って、李花ちゃんの家がある駅に着いたのは十一時すぎだった。商店街を抜けたところで一度曲がるところを間違えたけれどすぐに気がついて、結構ややこしいところにある李花ちゃんの家に迷わず辿り着けたので、ちょっとうれしかった。

「お風呂屋さん、一時までだし、早く行かないと。すぐ出れる？」

玄関を開けてくれた李花ちゃんは、右手にある洗面所と奥にある台所を行ったり来たりしていた。左側はリビングというよりもお茶の間という感じで、ごはんを食べたりテレビを見たりして冬は炬燵が置いてありそうな和室に李花ちゃんのお母さんが座っていて、おかえりなさい、と声をかけられたので、今晩もお世話になりますと挨拶してから、最近の造りではない、急な階段を上がった。

李花ちゃんの妹の部屋は四畳半で、ベッドには布団がずっと敷いたままみたいだったし、机にも本棚にもぎっしり物が詰まっていて、もう四か月も本人がいないとは思えなかった。机の前にあるコルクボードには写真やプリクラが重なり合って貼られていて、昨日の夜寝る前に見たのだけれど、妹は李花ちゃんに似ていなくて、目も輪郭も丸いお母さんと似ていた。

「有麻ちゃんが行きたいって言ってるんだからいいじゃない」

階段の下から、李花ちゃんの声が聞こえてきた。それにお母さんもなにか言い返したけれど、聞き取れなかった。

昨日の夜、駅から歩いてくる間に、うちのお母さん、急に変なことっていうか、失礼なこと言うかもしれないけど気にしないでね、と李花ちゃんが言った。今までの李花ちゃんの話からも気になっていたので、あんまり仲良くないの？　と聞くと、仲いいとか悪いとか、そういうんじゃないんだよ、とだけ言って、そのあとは黙っていた。だけど、うちの母親よりも年は上のはずだけれど若く見えるお母さんは、特に変わったところもなくそれなりにわたしを歓迎してくれ、お茶を入れてくれた。それから、線香あげてもらえるとうれしいな、と李花ちゃんが中学のときに亡くなったというお父さんの写真が飾られた仏壇の前にわたしを座らせた。お父さんのほうは、すっと伸びた眉の形が李花ちゃんと同じだった。

わたしは、キャリーバッグからお風呂に行く用具を拾い上げ、携帯用の薄いトートバッグに入れると、ドアを閉めて下に降りた。

「こんな時間に、なんで銭湯なんか行くの？　お風呂ならうちにあるでしょ」

台所に立っている李花ちゃんのお母さんの、甲高い声がする。

「なに怒ってんの。すぐそこまでじゃん」

李花ちゃんのほうは、なんでもない感じで答え、その声が浴室の壁に反響して聞こえた。お母さんがわたしに気づいて振り向いた。わたしがいたから慌てて作ったというわけではない、自然な笑顔がかえって意外だった。

「あら、有麻ちゃんごめんね。うちのお風呂入っていいのよ、気を遣わなくたって」

「いえ、あの、一度行ってみたかったので、東京の銭湯に」

「いいよ。行こうよ。お風呂入って帰ってくるだけだからさ」

洗面道具を入れたプラスチックの小さな籠を提げて風呂場から出てきた李花ちゃんも、特に怒っているとか機嫌が悪いとかいう様子はなかった。もともと広くない玄関は、三人が立っていると窮屈に感じた。下駄箱の上に脈絡なく並んでいるお土産物らしい置物や造花や鍵が、散らかっているわけではないのにごちゃごちゃしていて気になった。お母さんは、優しい調子でため息混じりに言った。

「今の時間に銭湯行ったら、わけわかんない人ばっかりよ。だいたい、他人といっしょに入るなんて、考えたら気持ち悪くない？　わたしは行ったことないもの」

「えーっと……、そんな、気にならないですけど」

お母さんの話は唐突な感じがして、なんて答えていいのか迷った。李花ちゃんが、笑顔を崩さないままわたしの腕を取った。

「早く行かないと、閉まっちゃうよ」

「レジオネラ菌が増殖するって、テレビでやってたじゃない。肺炎でお年寄りが死んじゃったって」

「それはぁ、お湯を循環させるとこでね」

李花ちゃんはゆっくりと言った。一言ずつ確かめて自分を落ち着かせるような言い方に、苛々している、と思った。仕事中も含めて、李花ちゃんといっしょにいてそんなことを感じたのは初めてだった。お母さんはその李花ちゃんの言葉を遮った。

「李花は人が親切に言ってるのに、すぐ意地になっちゃうのよね。会社だって、ほんとは辞めないほうがよかったって思ってるのよ。ね、有麻ちゃん、いい会社なんでしょう？　あなたみたいにまじめに勤められたらよかったのに。ねえ？」

どこが、というはっきりしたことではないけれど、やっぱりなにか変だった。なんて答えたらいいかわからない。というより、なにを聞いているのかわからない。

「いえ、わたしは……、逆に李花ちゃんが羨ましいくらいで」

「もちろん応援してるのよ、李花のことは。ただね、沙希ちゃんはなんでもちゃんとわたしに話すんだけど、李花は黙ってやっちゃってから報告するタイプでしょ。会社でもそうじゃなかった？　何考えてるかわからなくて困るでしょ」

にこにこしているお母さんと、半分玄関に降りかけたまま止まっている李花ちゃんを見比べた。李花ちゃんの笑顔が一瞬消えた。前の表情との差のせいか、悲しそうに見えた。でも、ただ笑っていない顔というだけかもしれない。李花ちゃんはサンダルに足を突っ込み、また笑顔に戻ってわたしの手を引っ張った。

「帰ってから聞きまーす。行ってくるね」

勢いをつけて閉じられたドアの向こうから、牛乳忘れないでよ、とお母さんの声が聞こえた。

「なんていうか、子どもみたいな人なんだよね。他人だったらそれでもいいんだけど」

家を出てすぐにそう言っただけで、李花ちゃんはお母さんのことをそれ以上話さなかった。細い道が入り組んだ暗くて静かな住宅街では、周りに詰まった家の窓の明かりとそこから聞こえてくるテレビの音やなんかに、急に人の気配を感じた。

「やっぱり、もうひとつのほうに行こう。ちょっと遠いけど」

李花ちゃんは、路地の真ん中で方向を変え、少し戻ってから別の方向へ歩き出した。ギターケースを背負った金髪の男の子と擦れ違った。煙草の煙の匂いがした。

「歩道橋渡らないといけないんだけど、露天風呂があるの。あ、岩風呂とかじゃなくて家のお風呂みたいなのの屋根が開いてるってだけなんだけどね」

李花ちゃんはわざとはしゃいでいるような感じでしゃべり続けた。さっきの会話は変だと言えば変だったけれど、よくある母娘げんかの範囲だと言う人もいると思う。誰とでも気さくに話せてさっぱりした性格の李花ちゃんから想像していたような親子関係ではなさそうだけれど、二十七年の間のことが、昨日の夜と今朝とさっきと合計しても一時間くらいしか知らないわたしにわかるわけがないから、勝手に考えるのはやめにした。

「後藤さんも調子いいよねえ。ごはんおごるって、有麻ちゃんもう帰っちゃうじゃん。有麻ちゃんも、せっかく休み取って遊びに来てるんだから、行くことないのに」

李花ちゃんのサンダルの踵の音が狭い道に響く。水が流れる音が聞こえる。誰かがお風呂に入っている。

「写真撮るにはちょうどよかったよ。はとバスただで乗れたし。自分で行ってたら、一日で皇居と浅草と東京タワーなんて行けないよ。途中でお台場とレインボーブリッジも通った」

「東京の人は絶対行かない、そんなコース」

「シューマッハの写真ももらえたし」

「なにそれ?」

　マルコさんがシューマッハの友だちだって話をしたら、李花ちゃんは素直に感心して、へー、そうなんだ、と言った。あの、顎の長い人でしょ?

　もう夜遅いのに交通量の多い幹線道路に出た。角のマンションから、ベビーカーに子どもを乗せた夫婦が出てきた。これから、どこに行くんだろうか。

「……昨日、江田さんがわけわかんないこと言ってたけどさ」

　李花ちゃんが言ったその名前を一瞬思い出せなかったけれど、すぐに撮影現場にいた瞼の厚いあの目が思い浮かんだ。

「わたしは有麻ちゃんのそういうとこ、いいと思ってるよ。周りのこと、ちゃんと見てるってことだもん。みんながあの帰っちゃった子みたいだったら仕事もできないし、友だちになるのも難しい気がする」

　歩道橋の階段が見えた。東京は歩道橋が多い。大型のトラックが、地響きを立ててわたしたちを追い越した。

「そうかな。わたし、そんなに誰とでも友だちになれるってタイプでもないよ」

「そうじゃなくって、だいじなことだと思うの、その場で誰がどんなこと思ってるか考える、っていうか、わかろうとするのって」

李花ちゃんにはわたしはそう見えているのだと、思った。薄暗い歩道橋の階段を並んで上がり始めた。一段が低くて歩きにくい。李花ちゃんは続けた。

「ずっと前に、写真もそんなこと言ってなかった？　周りをよく見てないと、いい写真は撮れないって」

「言った気がする。でも、それもちゃんとできてないよ、まだ」

「でもそう思ってるんだよね」

李花ちゃんは笑ってわたしを見た。李花ちゃんがそう思うんだったらそうかもしれない。階段を上がりきったところで顔を上げて、驚いた。

「あれ、新宿？」

黒いシルエットになって見える低い町並みの向こうに、すうっと自然に生えたように、高層ビルが寄り集まって光っているのが見えた。

「あー、そうそう。いいでしょ。好きなんだ、ここの景色」

「へえー、すごいね」

新宿の高層ビル街をこんな角度で見たのは初めてだった。電車に乗ってきた距離感よりもずっと近くに見えた。東京、っていうよりも、ただここがそういう場所なんだと思った。李花ちゃんが住んでいるこの街は、こんな形をしているんだっていうこと。

「凪子はちょっと行き過ぎだけど、わたしはもっとちゃんと自分の思ってることを言えるようになりたいって思うよ。李花ちゃんは、所長とかにも無理なことは無理とかはっきり言ってたでしょ。そういうの、羨ましい」

大型のトラックがまた通って、歩道橋は小刻みに振動した。

「なに？　褒め合いはおばさんの始まりらしいよ」

李花ちゃんの大きな笑い声は、車の音にすぐに消されてしまったけれど、わたしの耳の奥にずっと残っていた。

東京の銭湯が熱いっていうのは本当だった。お風呂上がりになにか飲みたかったのだけれど、もう仕舞い支度が始まっていて急《せ》かされるように外に出た。だから、出てすぐに夜道で煌々と輝いていた自動販売機でペットボトルのお茶を買った。しゃがんでボトルを取り出しながら、李花ちゃんが言った。

「有麻ちゃん、ロック系詳しいんだよね。ちょっと教えてよ」

「なんで?」

「今、気になってる子が、そういうの好きなんだって。なんか、ジミヘンとかストゥージーズ？　とか言ってた」

きっといい人だと思う。

「どんな人？」

李花ちゃんから受け取ったボトルの栓を開け、緩く曲がった道を歩き始めた。もう誰も歩いていなかった。体温が上がっている体に、夜風が気持ちよかった。

「こないだ映画で看護婦のその他大勢をやったときに、小児科医の役だった子で、かっこいいんだよ。でも、普段はねえ、医者なんか絶対無理って感じにばかなことばっかり言ってんの。来週また同じ現場があるんだ」

ボトルにつけた李花ちゃんの口元は、うれしそうにほころんでいた。濡れたまままとめている長い髪が、街灯で光って見えた。斜め前のアパートの二階の端の明かりが、ぱっと消えた。

「そっかあ。やっぱり、そういう人がいるといいよね。もう、次だよ。次、行ってみよう。なんでも聞いてよ。ストゥージーズ、貸すよ」

あはは、と李花ちゃんが笑った。わたしたちの声もサンダルの音も、両側に並ぶ家で眠っている人たちによく聞こえているだろうと思った。

「わたしも、たぶん高校のときに誰かに借りたんだけど、全然誰か思い出せないの。

でも、今、役に立ってうれしいな」

今日は、シューマッハも役に立ったし。ジミ・ヘンドリクスは最初誰に貸してもらったんだろう。徹生かもしれないし、別の友だちかもしれない。誰かの好きなものがいつのまにか自分の好きなものになっている。その誰かを忘れてしまっても。

がぶがぶ飲んだお茶は、いつもより甘い気がした。

「わたし、つき合う人で服とか趣味とか変わっちゃうタイプだったりして」

「そうなの？　ちょっと意外」

「だって、かわいいと思われたいじゃん」

李花ちゃんはまた笑い、そして左に曲がると幹線道路沿いの道に出た。さっきまでの静けさが嘘みたいにうるさくなる。車が来ないのをさっと確かめて、短い横断歩道を信号無視して渡ったところで、李花ちゃんが振り向いた。

「有麻ちゃん」

その向こうには歩道橋が見えた。

「鳴海くんに電話してみたら？」

「そう？」

わたしは曖昧に答えた。李花ちゃんはわざとらしく大きく腕を振って歩いた。その姿を、向こうから走ってきた自動車のヘッドライトが白く照らした。

「だって、このまま帰っちゃったらなんか気持ち悪くない？　東京にいるからって理由で会えるんだしさ、今だったら」

歩道橋に上ったら、また新宿が見えるのが楽しみだった。真夜中だけれど、まだ電気はついてるんだろうか。

「うん」

今日はいろんなところに行ったから、きっと長く眠ってしまう。

土曜日

目を開けると、天井が白かった。李花ちゃんの妹の部屋の天井と壁は同じクリーム色のクロスが貼られていて、家の他の部分や外観に比べるときれいなので最近貼り替えたのかもしれない。天井の真ん中には、蛍光灯の円形のカバーがくっついている。今は電気はついていないから、濃いベージュのカーテンが掛かった窓からの光が当たってできた薄い灰色の影が重なっているところと重なっていないところでコンパスを使って描いたみたいな図形ができている。四角と丸と三角。窓からの光が昨日より強いから晴れているのかもしれない。枕元の携帯電話を手探りして時間を確かめると、まだ七時だった。

寝る前に閉めたつもりだったのにドアは中途半端に開いていて、階段の下から李花ちゃんとお母さんの話し声が聞こえてくる。

「あの子、今日帰るって言ってなかった?」

「明日にしたんだって。今晩も、もしかしたらうちに泊まるかもしれないけど、わかんない。どっちにしても、荷物は明日まで置いといてよ。泊まるんだったら、電話する」

階段を上がってくる足音がして、すぐに下りる音もした。

「今日、どこなの？」

「わたし？　恵比寿のスタジオ。昨日も言ったよ」

二人の声は昨夜とは違って引っかかるところもなく朗らかな印象で、わたしはちょっと安心した。李花ちゃんはもう出かけるみたいで、歩き回ったり戸を閉めたりする音が響いてくる。昨日三時までしゃべっていたのに、ちゃんと起きられて偉いなあ、と思っているうちに、また眠くなってしまった。


鳴海くんから連絡をもらったのは夕方の六時半で、鳴海くんの家からそう遠くないマクドナルドで時間を潰していたわたしは、あの団地まで歩いていって、三日前の記憶を確かめながらそっくりな三棟から正解を見分けて薄暗いロビーを抜け、なかなか来ないエレベーターに乗ると7のボタンを押し、間違えないで鳴海くんの家に着いた。

「写真撮るって、なんもないやろ、ここらへん」

忙しくて沸かしていなかったのか、前と違って市販の二リットルのペットボトルの烏龍茶をグラスに注ぎながら、鳴海くんは言った。

「ああ、でも、そういうのが好きなんか、仁藤は」

ついていないテレビの前に座ってグラスを受け取った。土曜日だけど仕事に行っていた鳴海くんは、まだ白のカッターシャツにスーツの下と思われる黒いパンツをはいていた。ほんとうに帰ってきたばっかりだったようで、クーラーもついていないし窓も開いていなくて、蒸し暑かった。

「そんなこと、鳴海くんに言うてた？」

敷居のところで振り返った鳴海くんは、ちょっと考えるような顔をした。

「いや、なんとなくそうかなって」

「ふーん」

鳴海くんは台所に戻り、流しにあったいくつかのコップを洗った。わたしは三日前にこの部屋に泊まったときのことを思い出していて、狭いステンレスの浴槽や水色の壁紙のトイレも知っているし、凪子が勝手に見せてくれたアルバムの中身も知っているし、でも、そのことを鳴海くんは見ていたわけではないっていうことが、なんとなく今この部屋に二人でいるわたしを緊張させていた。コップを籠に伏せると、鳴海くんは冷蔵庫を開けて首をつっこむようにして中を見た。そのまま動かなくて、温度が上がるのが心配になってなにか言おうかと思ったところで、ドアを閉めてこっちを見た。

「飯食うた?」

「食べたような、食べへんような」

鳴海くんは、そのままじっとわたしの顔を見た。わたしはやっぱりこの人に見られるのが好きだと思ってしまった。わたしは視線を合わせたまま、苦いお茶を一口飲んだ。

「なんか買ってきて作ったらよかったね」

「ええわ、そんなん」

軽く鼻で笑ったその言い方に、凪子のことを思い浮かべていると思った。わたしも、そのつもりで言ったのだけれど。鳴海くんは壁の時計をちらっと見上げ、耳の下を掻いた。

「……なんか食いに行かへん? また出なあかんけど」

「いいよ」

わたしは烏龍茶を一気に飲み干して立ち上がった。鳴海くんは着替える様子がなく、鞄から携帯電話と財布を出してポケットにつっこんだ。

「この辺全然ええ店ないから、駅のほうまで歩いていい?」

「うん」

サンダルのうしろのストラップを留めた。毎日同じのを履いているから、つま先もストラップの当たるうしろも痛くなってきた。鳴海くんは、服に合っていないグレーにオレンジのラインが入ったスニーカーに足をつっこんだ。

「食いもんはやっぱり大阪やな」

「そう?」

「うまいもんはなんぼでもあるやろけど、安いのとおいしいのと両立してんのはめちゃめちゃ少ない」

狭い玄関で、鳴海くんはわたしの肩越しにドアに手を伸ばした。鳴海くんは背が高くなくて余計に近いせいか、触ってみようかという気持ちがまた湧いてきた。同時に、なにしにきたんやろ、と思った。でもわたしよりも鳴海くんのほうが、なにしにきたんやろって思ってそうやな、と思うと少し笑ってしまった。

「なに?」

「……ようわからん」

なんやそれ、と言うと、鳴海くんは重い金属のドアを勢いをつけて開けた。

このあいだいっしょに歩いた道を、逆に辿った。今日はお昼過ぎから、わたしは一人でカメラを握って近くをうろうろしていたので、どこを歩いていてどの道を曲がればどういう風景が見えるか、だいたいわかるようになっていた。曇り空は、東のほうから少しずつ翳り始め、青い灰色に変わりつつあった。

「土曜日でも結構仕事あんの？」

幅の狭い道路の赤信号を無視して渡りながら、わたしは鳴海くんに聞いた。

「そやな。システムの入れ替えとかやと、やっぱり営業時間外になるから」

「徹夜も多いの？」

「月に二、三回ぐらいちゃう」

横断歩道を渡りきったところで、右側から邪魔な人がいないのにずっとベルを鳴らし続けて自転車が走ってきたので、立ち止まった。ハンチングをかぶったおっちゃんは、わたしたちを一瞥したけれど速度を変えずに、そしてベルを鳴らす手も止めないで左に曲がっていった。

「まじめに働いてるんや」

「おれのこと、どんなやつやと思っててん」

鳴海くんは俯いてちょっと笑った。すぐ前の間口の狭い家のガレージには、さっき写真を撮った赤い屋根の犬小屋があったけれど、鼻先の黒い雑種の犬は散歩に行っているのかいなかった。

「……電車で知らん女の子の三つ編みほどくような人」

「なにそれ」

少し前を歩いていた鳴海くんが振り返った。わたしは足を速め、横に並んだ。

「学校の帰りに、電車で前に立ってた子の三つ編み勝手に取ってたやん」

「……知らん。いつ?」

「うーん、暑いとき」

「幅広いな」

鳴海くんはそれだけ言って、詳しい状況とかわたしがどう思ったかとか、聞かなかった。わたしもそれ以上言わなかった。鳴海くんとは、こうしていつも会話が長く続かないけれど、それで気を遣ったり気まずくなったりしないのも、他の人とは違う。

団地の遊歩道に出た。自転車を脇に停め、パステルカラーに派手なロゴのTシャツを着た女の子三人が、一つの携帯電話で順番に代わりながら話している。電話に出ていない二人は、なにか耳打ちしながら大笑いしていた。等間隔で並ぶ四角い建物の四角い窓のうち、明かりがついているのは三分の一もなかった。湿った緑の匂いがし、甲高い犬の鳴き声が響いた。

「明日大阪帰るん?」

「うん」

周りを見ながら歩いてしまうので、わたしはまた少し鳴海くんに遅れていた。

「今日は、また写真部の友だちのとこ泊まんの？」

今度は鳴海くんが速度を落とし、わたしに並んだ。

「おとといから、会社でいっしょやった女の子の家に泊めてもらってるねんけど」

また笑わないで見ている鳴海くんの目を、わたしは確かめるように見返した。

「鳴海くんとこに、泊めてもらおかな」

「ああ、ええよ」

「ほんまに？」

すごくゆっくりと歩いている太ったおばあさんを、追い越した。

「こないだも泊まったやん」

「そうか」

それから団地を抜けるまで、なにもしゃべらなかった。わたしはずっと、周りの建物や木や、擦れ違う人たちを見ていた。そのあいだにも、ゆっくりと空は夜に近づいていった。

電車の音が聞こえる、と気がついたところで、鳴海くんが言った。

「会社で、制服着てんの？」

「うん」

鳴海くんは、想像するみたいにわたしを見た。

「何色？」

思わず笑ってしまうと、鳴海くんが、なんで笑うねん、と言った。それから駅までまたなにも言わなかった。


びっしり停まっている自転車に苦労しながら駅を東側へ抜けると雰囲気が全然違って、ロータリーを取り囲むように建っているビルはどこも、わかりやすい文字を駅に向かって煌々と光らせていた。人通りも多く、カラオケや飲み屋の呼び込みも何人か立っていて、賑やかですかすかの明るさがあった。白く強い光がアーケードにこもっている商店街を横目に見て幅の広い道をしばらく行った先の雑居ビルの急な階段を上った二階が、鳴海くんがこの辺ではいちばんおいしいという中華料理屋だった。

「いらっしゃいませ」

と、二か所ほど引っかかるような発音で迎えてくれた三十歳ぐらいの女の人はたぶん中国か台湾の人と思われ、黄色で太股の上までスリットの入ったチャイナドレスに、茶色の男物のつっかけを履いていた。

「あんなに見せる意味あんのかな、って思うやろ」

「うん」

女の人はくすんだ肌色のストッキングをはいているのだけれど、太股の付け根の生地が強化されている部分までスリットの間から丸見えだった。

「でも、料理はうまいから。小籠包《しょうろんぽう》とか」

厨房の出入り口に近くて落ち着かない丸いテーブルに案内され、真ん中に立ててあったメニューを、鳴海くんは広げた。テーブルの真ん中には円形の回る台が付いていてなんとなくわくわくしたけれど、椅子は折りたたみ式のスツールで座り心地は悪かった。窓がなくて赤い笠のついた電球に照らされている、もっといかがわしいお店のような感じもする店内は、でもカウンターも含めてほぼいっぱいのお客さんがいて、味は大丈夫なんだろうと思った。

「なんか嫌いなもんある?」

「ない。なんでも食べれる」

「じゃあ、適当に言うわ」

壁には、切り絵の動物や赤いふさふさの飾りがぶら下がっていた。さっきとは別の、もう少し若い女の人が注文を聞きに来た。こちらは青いチャイナドレスで、丈が短い代わりにスリットも浅かった。黄色の人よりもたどたどしい日本語で注文を繰り返した女の子が戻っていった後で、鳴海くんがわたしの顔を見て笑った。

「そんな、じろじろ見るなよ」

「あ、そう？　見てた？」

「見てた」

生ビールのジョッキが、驚くほどの早さでテーブルに置かれた。一口飲んだところで、鳴海くんが言った。

「なんか、鳴ってんちゃう？　電話？」

鳴海くんの視線の先のわたしの鞄から、聞き慣れたメロディが小さく聞こえていて、慌てて携帯電話を取り出して見ると、凪子からだった。

「はい。もしもし？」

電話の向こうからは、なにも聞こえない。耳から離してアンテナの表示を確かめると、一本も立っていなかった。

「電波悪いみたいやから、ちょっと外出てくる」

「ああ」

さっき頼んだところなのに、鳴海くんはまたメニューを見ていて気のない返事をした。わたしは、電話が凪子からだとは言わなかった。ドアを開けようとすると、レジの脇にいた黄色いドレスの女の人が、なぜかわたしににやりと笑いかけた。

「岩井さんとこにおるん？」

かけ直すと、挨拶もせずに凪子は聞いた。雑居ビルの階段を降りたところで見回してみたけれど、周りも似たようなビルで一階のお店はまだ営業中で、静かそうなところは見つからないから、人も車も途切れずに通る道端で、大きい声で話す羽目になってしまった。

「今は家じゃない。駅のほうまでごはん食べに来た」

「ああ、怪しい中華のとこ?」

わたしはまた少し凪子に対抗意識を感じてしまったけれど、もう何回目にもなるので逆におかしくて笑いそうになってしまった。

「そう。スリット入りすぎの」

「ほんなら、今から行くわ。わたしもおなか空いてるし」

鳴海くんに聞かないと、と言いかけて、べつにいいかと思い直した。

「食べたら帰るから。邪魔せえへんし」

「なんで?」

「用事あるから」

そうじゃなくて「邪魔しない」のほう、と思ったけれど、凪子の声がまた聞こえなくなりかけたので言いそびれた。ハイビスカスのレイをいっぱいぶら下げた運転席が青白く光っている改造車が、ひときわ大きい音を立てて通った。もうすぐ夏休みだから。

「もう駅やから、すぐ着くわ」

「わかった。待ってる」

「小籠包頼んどいて」

切れてしまった携帯電話をしばらく見つめて、顔を上げると、もうすっかり日が暮れてしまっているのに気がついた。


予想に反して、凪子が来ると言っても実際に来ても、鳴海くんに戸惑う様子はなかった。ただ、最初に言ったときに、なんで、と意外そうに言っただけだった。おいしいからわたしも追加したので、三回目の小籠包のせいろがテーブルに載せられた。

「ほんまおいしいね、これ。今まで東京で行ったお店の中でいちばんおいしいかも」

小皿に流れたスープをすすると、もう一皿頼みたいくらいだった。

「引っ越してきてよかったと思ったんは、これぐらいかもな」

鳴海くんはピータンとナッツの載った冷や奴をちびちび食べていた。凪子は真ん中の台を回し、ブロッコリーとイカの炒め物を自分のお皿に入れた。

「わたしもここはいいと思う。お茶がいっぱいあるし」

凪子はポットのプーアル茶を飲んでいた。メニューには七種類ぐらいの中国茶があって、しかもどれも二百円のうえにいくらでも差し湯をしてくれるみたいだった。

「でも、こないだ来たとき食べたマンゴープリンがなくなってる」

「なんか都合があるんやろ。適当そうやしな」

「おいしかったのに」

「おっちゃんに言うてみたら？」

凪子と鳴海くんが普通に会話をしているのを見るのは、そういえば初めてだった。こないだって、いつなんやろう。最初に鳴海くんの家で凪子に会ったときも思ったけれど、「三か月に一回ぐらい家に来る」というだけの関係ではない気がする。

隣のテーブルについたおじさん四人組が、大きな声を上げてビールのジョッキを突き合わせた。

「凪子、このあと、どっか行くの？」

右側の鳴海くんの前のお皿から、スプーンで豆腐をすくって自分の小皿に載せた。

凪子はピータンが嫌いだと、さっき言っていた。

「映画行くねん、彼氏と」

わたしはまだ口にピータンやら豆腐やらが入ったまま聞き返した。

「彼氏？」

「うん」

凪子は片手に収まるくらい小さな湯呑みのお茶を飲み干すと、ちょうど通りかかった青いドレスのほうの女の子に、お湯ください、と声を掛けた。

わたしの顔を窺うように見た鳴海くんが、ぼそっと言った。

「男前やで」

「へえー」

「あとで迎えに来るから見れるで」

お箸の先を噛みながら、凪子が言った。お湯を足したポットとお皿を持ってきた女の子が、韮《にら》饅頭です、とやっぱりぎこちない発音で告げた。

「映画、なに見るの？」

「まだ決めてない。シネコンやし、行ってから」

「板橋サティのとこ？」

早速韮饅頭を一つ取って、鳴海くんが凪子に聞く。ほんとうに他意なく、ただの世間話のような感じで。

「うん」

「おれまだ行ったことないわ」

「わたしも、今日初めて行く。車やし」

「彼氏の?」

そう聞いたわたしのお皿に、頼んでいないのに凪子は韮饅頭を一つ置いた。

「うん。送っていこか」

「遠慮しとくわ」

わたしに口を挟む隙を与えずに鳴海くんが答えた。それから隣のテーブルの注文を聞き終わったスリットが深すぎるほうの店員さんにビールを頼んだので、わたしも烏龍茶の熱いやつください、と言った。

「仁藤さんは?」

凪子はそういうと、壁にもたれて左手の爪を噛んだ。鳴海くんを見たけれど、特に言いたいことがあるような表情ではなかった。隣のテーブルのおじさんたちが、ひときわ大声で笑った。

「どうしようかな」

だけど、鳴海くんも凪子も何とも言ってくれなかった。そのまま誰も口をきかないで、同時に韮饅頭を食べた。これもとてもおいしかった。肉汁を味わいながら、鳴海くんといて黙っていても平気なのは、わたしだけじゃないんだと思った。

店員さんが戻ってきて、ビールのジョッキとお茶のポットを置き、食べ終わったせいろとお皿を無言で重ねて持っていった。通るたびに、茶色いつっかけがぺたぺた鳴る。

「わたし」

運ばれてきたばっかりの烏龍茶を勝手に取って自分の湯呑みに注ぎ、凪子がわたしを見た。

「仁藤さんに期待してるねんけど」

「なにを?」

「岩井さんのこと」

凪子はわたしから目を逸らさないで、唐揚げを齧った。すぐうしろで、若いほうの店員さんが、中国語で注文を叫んだ。

「なんの話?」

鳴海くんが、わたしを見た。

「二人で見んといてよ」

思わず言うと、鳴海くんのほうが先に、べつにええけど、と言って二つ目の韮饅頭を食べた。隣のテーブルで立ち上がったおっちゃんが電灯の笠に頭をぶつけ、赤い影がゆらゆらと動いた。

「前に仁藤に会ったとき」

言いながら鳴海くんは真ん中の丸い台を回したけれど、なにも取らなかった。

「今度東京行ったら遊ぼうって言うてた」

湯呑みの烏龍茶は、熱くてまだ飲めなかった。

「前って、卒業したあとの夏休み？」

「違う。もっとあと、連休かなんか」

「うそ。いつ？」

「十月か十一月か、あんま覚えてない」

鳴海くんは小さい背もたれに無理に体重をかけた姿勢で、右手は割り箸の袋を小さく折り畳んでいた。

「夏休みのときじゃないの？　淀川で花火した」

「ちゃうって。なんか東通りで飲んでたやろ。あとから行ったやん、おれ」

いくつか浮かんでくる場面を、あのときは誰がいたからその次の年で、と前後のことを思い出そうとした。花火のあとで、鳴海くんがなにを言っているかわからないくらい酔っていたのはよく覚えていて、それが最後に会ったときだと思っていた。

「あ。あー、遠藤とかさっちゃんとかおったとき？」

断片的に、チェーン店の居酒屋の散らかった座敷席の光景を思い出した。

「覚えてないんや」

「花火のあととごっちゃになって。そう言われたら、もう帰りかけのときに、来てた」

　誰かが何度か鳴海くんに電話をかけていたけれど、もう来ないらしいからって割り勘の計算をしているときにやっと来た鳴海くんは、すぐにその中の誰かとべつのところへ行ってしまった。

「そのとき、言うてた、遊びに行くって」

　どこか、地下に降りる階段の途中で。

「うん。言うた」

「で、今来たんや」

　椅子から背中を起こして、鳴海くんは少し意地の悪い笑い方をした。わたしはほんとうにそのことを今まで忘れてしまっていたから、意地悪を言われても仕方ないと思った。

「たぶん、そのときは行くつもりやったと思うで」

「待ってたのに」

　右肘《ひじ》をついて顎《あご》を載せ、鳴海くんがわたしの目を見た。なんでこの人はこういうふうにわたしを見るんやろう、と高校のときも、このあいだ会ってからも、何度も思ったことをまた思った。急に、厨房の音も周りのテーブルの人たちの声も、騒々しく思えた。

「うそ。おれも忘れてた。こないだ電話かかってくるまで」

鳴海くんは息を吐くように笑って、ジョッキに残っていたビールを飲み干した。ずっと鳴海くんとわたしを交互に見ていた凪子が、ぼそっと言った。

「そんなんばっかりや」

鳴海くんがそういういい加減なことをときどき言うのはよくわかっていたし、拗《す》ねるみたいな、それから少し責めているみたいな目で鳴海くんを見る凪子を、わたしはかわいいと思って、軽く笑って言った。

「やっぱり？」

同意してくれると思ったら、凪子はやっと芽生えたと思ったその親密さみたいなものをあっさり否定するように、固い表情になって言い返した。

「なにが？」

慣れたつもりでいたから油断してた、と思った。凪子のことをまだたいして知らないのを忘れていて、その適当さを見抜かれたようで、なんだか動揺した。でも、凪子のそういういちいちひっかかるようなところも、今は好きだと思った。鳴海くんは素知らぬ顔でメニューに手を伸ばした。

「小籠包、食う？」

「別のがいい」

凪子はメニューを横取りし、一人だけで選び始めた。鳴海くんが店員さんを呼び止めてまたビールを頼むと、足が見えすぎのおねえさんは、ありがとね、と笑った。

今度は駅を東口から西口へ戻って、バス停やタクシー乗り場の並ぶロータリーへ出た。凪子がさっき電話をしたので、彼氏は五分ぐらいで来るらしかった。蛍光灯の光で明るすぎるくらいの歩道には、植え込みの前に座りこんでスナック菓子を食べ散らかしている女の子たちや自転車で同じところをぐるぐる回っている男の子たちなんかのいくつかのグループと、今から家に帰る人たちがばらばらに動いていて、駅だという感じがした。

「お茶買うてくる」

中華料理屋でさんざん飲んだのに、凪子はそう言って駅の売店のほうへ戻っていった。黙って歩く鳴海くんにわたしはついて歩いた。コインロッカーの並ぶ駅の外側の一角で、二人組のギターを掛けた男の子が歌を歌っていて、その前に固定ファンらしい女の子がまばらに座って手を叩いていた。

鳴海くんは、凪子の彼氏の車がどのあたりに来るかわかっているようで、躊躇しないで、ロータリーの端まで行くと、乱雑に停められた自転車の隙間を通って柵にもたれた。わたしも隣に並んでもたれた。金属の柵は、蒸し暑さのせいで生ぬるくてべたべたしていた。団地の名前を掲げたバスが、空っぽで入ってきてはたくさんの人を乗せて出て行く。

「彼氏がおるから、凪子のことあんまり心配してなかったんや」

鳴海くんの顔を覗くように上半身を傾けて、聞いてみた。鳴海くんは、三つ数えるぐらいわたしを見てから答えた。

「そんなこともない。最近の話やし」

「そう?」

「ほんまに男前やで。ええ車乗ってるし」

「へえー」

手をつないだ子供を間にぶら下げた若い夫婦が、前を通った。弱い風が、湿った肌を撫でた。鳴海くんが近くにいるときに感じる感覚に似ている気がした。鳴海くんと並ぶのは何回目なんやろう、と思った。自分がなにかを再現したいのか、新しい展開を期待してるのか、自分でもわからなかった。

うしろに目をやると、またバスが出て行くところだった。その向こうでは、客待ちのタクシーが整然と列を作っている。

「仁藤」

鳴海くんの声に、わたしは視線を戻した。

「ほんまは、日曜に連絡あったあと、徹生がもっかい電話かけてきた」

「なんて?」

鳴海くんは少し間をあけて、戸惑いのない、はっきりした言いかたで言った。

「おまえのこと好きやったらしいで、って」

それから、口の端を少し上げて笑って続けた。

「違うと思うでって、言うといた」

その顔を真似するように笑って、わたしは一度頷いた。それから目にかかった前髪を手でよけてから、言った。

「……やっぱり、知ってるんや」

鳴海くんは、なにかを尋ねるみたいに頭を少しだけ傾けた。気配を感じて振り返ると、お茶のペットボトルを握って凪子が戻ってきていた。もしかしたら凪子がいたほうがいいのかもしれない、と思って、わたしは言った。

「修学旅行のとき、鳴海くんとこの部屋でみんなで心理テストみたいなんしてたやん?」

鳴海くんは、ちらっと凪子を見て、それからまたわたしを見た。わたしが聞いたことに返事も肯きもしなかったけれど、言ったことが通じているのはわかった。

「わたしのこと、セックスフレンドって思ってるって言われて、納得してた」

すぐそばに立っている凪子が、お茶を持っていないほうの手の爪を噛みはじめた。鳴海くんは、少し考えるように視線を泳がせてから、短く言った。

「そうかも」

修学旅行のときにそう言ったことなのか、セックスフレンドって思っていたことなのか、どっちに対しての返事なのかわからなかったし、さっきのわたしみたいにはっきりと覚えていないっていう気もした。

「なんでかわかれへんけど、あ、バレてたんやって思ってん、わたし」

「そうなんや」

驚いたような声ではなかったし、驚いたことを隠しているという感じもなかった。鳴海くんは、白っぽい紺色にぼんやりと光っている夜空を少しだけ見上げ、それからわたしを見た。

「たぶん、そのときはそう思ってたからやろ」

「どっちが?」

「わからんけど」

そこでやっと、軽く笑った。わたしも、うん、と言ってちょっと笑った。凪子が、ペットボトルのふたを捻《ひね》った。

「だからわたし、仁藤さんのこと気になってたんや」

にっと笑ってわたしを見ながら、のどが鳴りそうにごくごくお茶を飲んだ。そして一息ついた。

「仁藤さんだけ、岩井さんといっしょにおるとこ見たら、気持ち悪かってん」

気持ち悪い、と言いながら、凪子は笑顔だった。すごくうれしそうな。

「なんやそれ」

鳴海くんが、呆れたように笑った。でもきっと、凪子が言っていることが全然わからないっていうことはないと思った。凪子は今度は、鳴海くんに笑顔を向けた。それからまたお茶を一口飲んで、わたしに言った。

「よかった」

「なんで」

「他の人にはわからんから」

泣くんじゃないか、と急に思った。でも、凪子は笑ったままで、風で揺れた髪をうしろへ流した。土曜日のこんな時間なのに制服を着た女の子を後ろに乗せた二人乗りの自転車が通った。ギターの音が、途切れながら聞こえてくる。

「わたしもわかってるわけじゃないよ」

だけどうれしかった。たぶん、凪子と同じくらいに。凪子はペットボトルを、肩にかけた麦わらのトートバッグに突っ込んだ。

た。

「べつにいいよ」

凪子が言うと、黙ってわたしたちのやりとりを見ていた鳴海くんが、俯いて笑った。

「勝手に納得するなよ」

ひときわ大きく電車の音が響いた。特急かもしれない。白く明るい駅から、まばらに人が出てくる。

「仁藤さん、今からいっしょに映画行けへん?」

凪子は、腕にはめていた赤いガラス玉の飾りの付いたゴムで、髪をうしろにまとめながら言った。

「仁藤さんが見たいのを見てもいいで。あとで岩井さんとこまで送って行くし。このあいだの友だちのとこでもどこでもいいし……」

襟足の髪が汗でくっついているのが見えた。

「わたしのとこでもいいよ」

横で鳴海くんがわたしを見ているのがわかったけれど、わたしは見なかった。

「凪子の家って、どこ?」

「椎名町」

どこかわからないけれど、いい名前だと思った。道路の向こうでは、もう灯りの消えた大型のショッピングセンターの流線型の壁が、ぼんやり白かった。

「どうすんの？」

鳴海くんが聞いた。なんとなく、楽しそうに見えた。わたしは鞄から携帯電話を出して開き、時間を確かめて閉じた。高架の上から、また電車の音が聞こえてきた。

「わからへんけど、映画には行ってくるわ。終わったら電話する」

「わかった」

鳴海くんは、もたれていた柵から勢いをつけて離れた。バスが、大きく曲がってロータリーから出て行った。青白い光を放つ窓に、これから家に帰る人の顔がはっきりと見えた。

「遅くなるけど」

「何時でもいい」

「あ、来た」

凪子の視線の先を見ると、道路の反対側に小さいけれど外国のらしい深緑の車が、すっと速度を落として停まった。自転車の隙間で軽く手を振る鳴海くんを置いて、わたしは凪子のあとについて赤信号の横断歩道を、車の途切れる隙を見ながら歩いた。

解説　プリントされない美しい世界

青山七恵

始まりは、どこかの地下鉄の駅。駅は改装工事中、主人公が乗ってきたのは半蔵門線、そして反対側のホームには銀座線が入ってくる。暗い天井を見上げると蛍光灯がぶら下がっていて、端から端まで白い直線で光っている……。

さて、彼女はいったいどこの駅に降り立ったのか?

頭に地下鉄路線図を思い浮かべる間もなく、数行後にあっさりそこは表参道駅だと明かされる。そういえば、このあいだ久々に表参道を歩いたとき、地下道への入り口が白くてぴかぴかしててきれいだったなあ、と思い出す。地下へ降りてみたら、大勢の人が飲み食いしている広い横穴のようなところもあって、びっくりした。主人公が目にした駅の工事は、あのきれいな入り口や、横穴を作るためのものだったんだろうか。どちらにしろ、今の表参道駅がぴかぴかに輝いていることを思うと、あの場所と、小説に書かれたこの表参道駅は、同じ場所であって違う、と思ってしまう。

この『また会う日まで』という小説は、ふだん大阪で働いている有麻という女の子が、一週間、東京の街を歩き、そこに生きる人たちと出会い、しゃべり、移動するお話である。ところがその中には同じ場所であって違う場所、または同じときであって違うとき、というずれの層が幾重にもより重なっていて、自分が知っているつもりの東京という街、生きているつもりの今という時間も、そんな層のたった一枚に過ぎないのでは、という気になってくる。

カメラを持って東京の電車やバスに乗る有麻は、行く先々でその景色を貪欲なまでに澄んだ目でとらえ、語る。埼京線から見えた外の景色を、自分のイメージする東京という感じではないと思いながら、有麻はこんなふうに考えている。「それはわたしが東京のところどころ限られた場所しか知らないからで、ほんとうはわたしが思ってもみないような景色のところがたくさん集まって東京っていう街なんだろうと思う」。そしてそのあと、降りた駅で郵便局への道を聞かれ、「ごめんなさい。この辺の人じゃないので」と答える。

その言葉通り、「この辺の人じゃない」という感覚はこの小説の根っこに絶えずあって、ストレンジャーである彼女の目に映る景色は常に鮮やかでありながらどこか刹那的だ。どの景色も、彼女の視界からはずれた瞬間にはかなく崩れ去ってしまいそうな危うさがある。印象的だったのは上野から新宿間の山手線の車窓描写で、ふだん気にも留めないただの背景が、夢のように突拍子がなく、現実の断片がモザイクのようにはめこまれたような奇妙な風景として浮かび上がってくる。

とはいうものの、有麻は世界のすべてをそのような貪欲に澄んだ目でとらえているわけではない。視覚では写しとりきれないある感情を、彼女は長い間ずっと抱いている。高校時代の同級生、鳴海くんへの思いである。それは、「かっこいいとかつき合いたいとかいう気持ちでは全然なくて」、「なんとなく、鳴海くんといっしょにおるときは、生き物っぽい感触」がして、「他の人と違う感じがする」というようなことで、そんな微妙な感情は、風景に連続シャッターを押すようにはなかなか描写できないものだろう。

数年前の修学旅行の夜、鳴海くんが自分を「セックスフレンド」だと思っているという心理ゲームの結果が出たことを、有麻はずっと気にしている。そのとき自分が「やっぱり思ってることはバレるねんな」と思ったことも忘れていない。有麻は今回の東京滞在中に鳴海くんと会う約束をしているが、あのとき彼がどう思っていたのか、そして他の人には思わなくて、自分といるときだけ感じる何かが彼にもあったのかどうか、聞いてみたいような気持ちになっている。しかし実際に彼に会ってみても、前とはなんだか違うという違和感に揺れているばかりで、核心をつく会話もないまま彼はあわただしく去ってしまい、その場にいた鳴海くんの「害のないストーカー」である瓜子とご飯を食べたり撮影現場を見に行ったり、ルクセンブルクからやってきたマルコさんと東京観光をしたりするうちに、残りの日々が過ぎていく。

　鳴海くん、凪子、マルコさん……それぞれと交わす会話の中で、有麻はその人物と自分とのあいだのどうしようもなく遠い隔たりや、隔たりを飛び越えふいに近づいた瞬間を、微細に感じとっている。そのような人と人との感情のやりとりに、「恋愛」や「友情」などという、わかりやすい仮の名前をつけることもできる。でも、小説を読んだり書いたりすることは、仮の名前でふさがれた感情から、そっとその名前をはがして、よくよく中身をのぞいてみることなのではないだろうか。柴崎さんは、この小説の中でそれをやさしくやってのけている。音楽やまぶしい景色と一緒に、人と人とのあいだに流れ溜まっていく想いの結晶のようなものを、私たち読者に平等に見せてくれる。そしてその中には、それらすべてを包みこむ、この世界に対する淡い信頼のようなものも感じられるのだ。

　例えば、寝ている友達の写真を撮りながら、「自分には記憶がないから、ないのと同じ時間に存在している自分が、寝っ転がっている写真」はどんなふうに見えるのか、有麻はふしぎに思う。しかし、東京タワーから鳴海くんの家の方角を見やるとき、その家や鳴海くんは「離れたからって消えてしまうわけではないからちゃんとあるのだ」というふうにも感じている。彼女にとって、記憶がないということは、存在しないのと同じなのかもしれないが、見えないということは、存在しないということではない。カメラ的視点を持ちながらも、彼女は視覚というものの裏側にあるものを、ちゃんと信じられる。それは有麻が、この世界そのものをいとおしみ、敬意を持ってそれに触れたいと願っているからだと思う。

「カメラを出してきて構えなくても、今この瞬間に見ているものの全部をあとでプリントできたらいいのに。でも、もしかしたら、しょっちゅうカメラを構えて目の前に見えるものが写真になったところを想像しているわたしの目は、あとでプリントするもの、みたいな感じでなんでも見ているのかもしれない。」

そう、目の前に広がる風景も、そして名前のつかないあやふやな感情も、自意識とは切り離したもっと純粋なものとして保存して、いつでもそれを取り出して見ることができたらどんなにいいだろう。

それは彼女だけではなく、この世界を一度でも一瞬でも、美しい、と思ったことがある人々の、共通の願いだ。「あとで」がいつまでもやってこないカメラを持った私たちは、絶えず移りゆく風景を前に、ひたすらシャッターを押し続けることしかできない。

『また会う日まで』と名付けられたこの小説は、その名も含めて、永遠にプリントされない世界へ向かうひとすじの美しいメッセージのようにも思える。

本書は二〇〇七年一月、単行本として小社より刊行されました。
初出……『文藝』二〇〇六年春号

また会《あ》う日《ひ》まで

二〇一〇年一〇月一〇日　初版印刷
二〇一〇年一〇月二〇日　初版発行

著　者　柴崎友香《しばさきともか》
発行者　若森繁男
発行所　株式会社河出書房新社
〒一五一-〇〇五一
東京都渋谷区千駄ヶ谷二-三二-二
電話〇三-三四〇四-八六一一（編集）
〇三-三四〇四-一二〇一（営業）
http://www.kawade.co.jp/

ロゴ・表紙デザイン　粟津潔
本文フォーマット　佐々木暁
本文組版　KAWADE DTP WORKS
印刷・製本　中央精版印刷株式会社
落丁本・乱丁本はおとりかえいたします。
Printed in Japan　ISBN978-4-309-41041-8

青春デンデケデケデケ

芦原すなお　40352-6

1965年の夏休み、ラジオから流れるベンチャーズのギターがぼくを変えた。“やーっぱりロックでなけらいかん”——誰もが通過する青春の輝かしい季節を描いた痛快小説。文藝賞・直木賞受賞。映画化原作。

A感覚とV感覚

稲垣足穂　40568-1

永遠なる“少年”へのはかないノスタルジーと、はるかな天上へとかよう晴朗なＡ感覚——タルホ美学の原基をなす表題作のほか、みずみずしい初期短篇から後期の典雅な論考まで、全14篇を収録した代表作。

オアシス

生田紗代　40812-5

私が〈出会った〉青い自転車が盗まれた。呆然自失の中、私の自転車を探す日々が始まる。家事放棄の母と、その母にパラサイトされている姉、そして私。女三人、奇妙な家族の行方は？　文藝賞受賞作。

助手席にて、グルグル・ダンスを踊って

伊藤たかみ　40818-7

高三の夏、赤いコンバーチブルにのって青春をグルグル回りつづけたぼくと彼女のミオ。はじけるようなみずみずしさと懐かしく甘酸っぱい感傷が交差する、芥川賞作家の鮮烈なデビュー作。第32回文藝賞受賞。

ロスト・ストーリー

伊藤たかみ　40824-8

ある朝彼女は出て行った。自らの「失くした物語」をとり戻すために——。僕と兄アニーとアニーのかつての恋人ナオミの３人暮らしに変化が訪れた。過去と現実が交錯する、芥川賞作家による初長篇にして代表作。

狐狸庵交遊録

遠藤周作　40811-8

遠藤周作没後十年。類い希なる好奇心とユーモアで人々を笑いの渦に巻き込んだ狐狸庵先生。文壇関係のみならず、多彩な友人達とのエピソードを記した抱腹絶倒のエッセイ。阿川弘之氏との未発表往復書簡収録。

父が消えた

尾辻克彦　40745-6

父の遺骨を納める墓地を見に出かけた「私」の目に映るもの、頭をよぎることどもの間に、父の思い出が滑り込む……。芥川賞受賞作「父が消えた」など、初期作品5篇を収録した傑作短篇集。解説・夏石鈴子

東京ゲスト・ハウス

角田光代　40760-9

半年のアジア放浪から帰った僕は、あてもなく、旅で知り合った女性の一軒家を間借りする。そこはまるで旅の続きのゲスト・ハウスのような場所だった。旅の終りを探す、直木賞作家の青春小説。解説＝中上紀

ぼくとネモ号と彼女たち

角田光代　40780-7

中古で買った愛車「ネモ号」に乗って、当てもなく道を走るぼく。とりあえず、遠くへ行きたい。行き先は、乗せた女しだい――直木賞作家による青春ロード・ノベル。解説＝豊田道倫

ホームドラマ

新堂冬樹　40815-6

一見、幸せな家庭に潜む静かな狂気……。あの新堂冬樹が描き出す“最悪のホームドラマ”がついに文庫化。文庫版特別書き下ろし短篇「賢母」を収録！　解説＝永江朗

母の発達

笙野頼子　40577-3

娘の怨念によって殺されたお母さんは〈新種の母〉として、解体しながら、発達した。五十音の母として。空前絶後の着想で抱腹絶倒の世界をつくる、芥川賞作家の話題の超力作長篇小説。

きょうのできごと

柴崎友香　40711-1

この小さな惑星で、あなたはきょう、誰を想っていますか……。京都の夜に集まった男女が、ある一日に経験した、いくつかの小さな物語。行定勲監督による映画原作、ベストセラー!!

青空感傷ツアー

柴崎友香　40766-1

超美人でゴーマンな女ともだちと、彼女に言いなりな私。大阪→トルコ→四国→石垣島。抱腹絶倒、やがてせつない女二人の感傷旅行の行方は？　映画「きょうのできごと」原作者の話題作。解説＝長嶋有

次の町まで、きみはどんな歌をうたうの?

柴崎友香　40786-9

幻の初期作品が待望の文庫化！　大阪発東京行。友人カップルのドライブに男二人がむりやり便乗。四人それぞれの思いを乗せた旅の行方は？　切なく、歯痒い、心に残るロード・ラブ・ストーリー。解説＝綿矢りさ

ユルスナールの靴

須賀敦子　40552-0

デビュー後十年を待たずに惜しまれつつ逝った筆者の最後の著作。20世紀フランスを代表する文学者ユルスナールの軌跡に、自らを重ねて、文学と人生の光と影を鮮やかに綴る長編作品。

ラジオ　デイズ

鈴木清剛　40617-6

追い払うことも仲良くすることもできない男が、オレの六畳で暮らしている……。二人の男の短い共同生活を奇跡的なまでのみずみずしさで描き、たちまちベストセラーとなった第34回文藝賞受賞作！

サラダ記念日

俵万智　40249-9

〈「この味がいいね」と君が言ったから七月六日はサラダ記念日〉——日常の何げない一瞬を、新鮮な感覚と溢れる感性で綴った短歌集。生きることがうたうこと。従来の短歌のイメージを見事に一変させた傑作！

香具師の旅

田中小実昌　40716-6

東大に入りながら、駐留軍やストリップ小屋で仕事をしたり、テキヤになって北陸を旅するコミさん。その独特の語り口で世の中からはぐれてしまう人びとの生き方を描き出す傑作短篇集。直木賞受賞作収録。

ポロポロ

田中小実昌　40717-3

父の開いていた祈禱会では、みんなポロポロという言葉にならない祈りをさけんだり、つぶやいたりしていた――表題作「ポロポロ」の他、中国戦線での過酷な体験を描いた連作。谷崎潤一郎賞受賞作。

さよならを言うまえに　人生のことば292章

太宰治　40956-6

生れて、すみません――39歳で、みずから世を去った太宰治が、悔恨と希望、恍惚と不安の淵から、人生の断面を切りとった、煌く言葉のかずかず。テーマ別に編成された、太宰文学のエッセンス！

新・書を捨てよ、町へ出よう

寺山修司　40803-3

書物狂いの青年期に歌人として鮮烈なデビューを飾り、古今東西の書物に精通した著者が言葉と思想の再生のためにあえて時代と自己に向けて放った普遍的なアジテーション。エッセイスト・寺山修司の代表作。

枯木灘

中上健次　40002-0

自然に生きる人間の原型と向き合い、現実と物語のダイナミズムを現代に甦えらせた著者初の長篇小説。毎日出版文化賞と芸術選奨文部大臣新人賞に輝いた新文学世代の記念碑的な大作！

千年の愉楽

中上健次　40350-2

熊野の山々のせまる紀州南端の地を舞台に、高貴で不吉な血の宿命を分かつ若者たち――色事師、荒くれ、夜盗、ヤクザら――の生と死を、神話的世界を通し過去・現在・未来に自在に映しだす新しい物語文学！

無知の涙

永山則夫　40275-8

４人を射殺した少年は獄中で、本を貪り読み、字を学びながら、生れて初めてノートを綴った――自らを徹底的に問いつめつつ、世界と自己へ目を開いていくかつてない魂の軌跡として。従来の版に未収録分をすべて収録。

マリ&フィフィの虐殺ソングブック

中原昌也　40618-3

「これを読んだらもう死んでもいい」（清水アリカ）――刊行後、若い世代の圧倒的支持と旧世代の困惑に、世論を二分した、超前衛―アヴァンギャルド―バッド・ドリーム文学の誕生を告げる、話題の作品集。

子猫が読む乱暴者日記

中原昌也　40783-8

衝撃のデビュー作『マリ＆フィフィの虐殺ソングブック』と三島賞受賞作『あらゆる場所に花束が……』を繋ぐ、作家・中原昌也の本格的誕生と飛躍を記す決定的な作品集。無垢なる絶望が笑いと感動へ誘う！

リレキショ

中村航　40759-3

“姉さん”に拾われて“半沢良”になった僕。ある日届いた一通の招待状をきっかけに、いつもと少しだけ違う世界がひっそりと動き出す。第39回文藝賞受賞作。解説＝GOING UNDER GROUND 河野丈洋

夏休み

中村航　40801-9

吉田くんの家出がきっかけで訪れた二組のカップルの危機。僕らのひと夏の旅が辿り着いた場所は――キュートで爽やか、じんわり心にしみる物語。『100回泣くこと』の著者による超人気作がいよいよ文庫に！

黒冷水

羽田圭介　40765-4

兄の部屋を偏執的にアサる弟と、執拗に監視・報復する兄。出口を失い暴走する憎悪の「黒冷水」。兄弟間の果てしない確執に終わりはあるのか？史上最年少17歳・第40回文藝賞受賞作！　解説＝斎藤美奈子

にごりえ　現代語訳・樋口一葉

伊藤比呂美／島田雅彦／多和田葉子／角田光代〔現代語訳〕　40732-6

深くて広い一葉の魅力にはいりこむためにはここから。「にごりえ・この子・裏紫」＝伊藤比呂美、「大つごもり・われから」＝島田雅彦、「ゆく雲」＝多和田葉子、「うつせみ」＝角田光代。

ブエノスアイレス午前零時

藤沢周　40593-3

新潟、山奥の温泉旅館に、タンゴが鳴りひびく時、ブエノスアイレスの雪が降りそそぐ。過去を失いつつある老嬢と都会に挫折した青年の孤独なダンスに、人生のすべてを凝縮させた感動の芥川賞受賞作。

さだめ

藤沢周　40779-1

ＡＶのスカウトマン・寺崎が出会った女性、佑子。正気と狂気の狭間で揺れ動く彼女に次第に惹かれていく寺崎を待ち受ける「さだめ」とは…。芥川賞作家が描いた切なくも一途な恋愛小説の傑作。解説・行定勲

アウトブリード

保坂和志　40693-0

小説とは何か？　生と死は何か？　世界とは何か？　論理ではなく、直観で切りひらく清新な思考の軌跡。真摯な問いかけによって、若い表現者の圧倒的な支持を集めた、読者に勇気を与えるエッセイ集。

最後の吐息

星野智幸　40767-8

蜜の雨が降っている、雨は蜜の涙を流してる——ある作家が死んだことを新聞で知った真楠は恋人にあてて手紙を書く。鮮烈な色・熱・香が奏でる恍惚と陶酔の世界。第34回文藝賞受賞作。解説＝堀江敏幸

泥の花　「今、ここ」を生きる

水上勉　40742-5

晩年の著者が、老いと病いに苦しみながら、困難な「今」を生きるすべての人々に贈る渾身の人生論。挫折も絶望も病いも老いも、新たな生の活路に踏み出すための入口だと説く、自立の思想の精髄。

英霊の聲

三島由紀夫　40771-5

繁栄の底に隠された日本人の精神の腐敗を二・二六事件の青年将校と特攻隊の兵士の霊を通して浮き彫りにした表題作と、青年将校夫妻の自決を題材とした「憂国」、傑作戯曲「十日の菊」を収めたオリジナル版。

サド侯爵夫人／朱雀家の滅亡

三島由紀夫　40772-2

“サド侯爵は私だ！”——獄中の夫サドを20年待ち続けたルネ夫人の愛の思念とサドをめぐる６人の女の苛烈な対立から、不在の侯爵の人間像を明確に描き出し、戦後戯曲の最大傑作と称される代表作を収録。

アブサン物語

村松友視　40547-6

我が人生の伴侶、愛猫アブサンに捧ぐ！　21歳の大往生をとげたアブサンと著者とのペットを超えた交わりを、出逢いから最期を通し、ユーモアと哀感をこめて描く感動のエッセイ。ベストセラー待望の文庫化。

ベッドタイムアイズ

山田詠美　40197-3

スプーンは私をかわいがるのがとてもうまい。ただし、それは私の体を、であって、心では決して、ない。——痛切な抒情と鮮烈な文体を駆使して、選考委員各氏の激賞をうけた文藝賞受賞のベストセラー。

人のセックスを笑うな

山崎ナオコーラ　40814-9

19歳のオレと39歳のユリ。恋とも愛ともつかぬいとしさが、オレを駆り立てた——「思わず嫉妬したくなる程の才能」と選考委員に絶賛された、せつなさ100％の恋愛小説。第41回文藝賞受賞作。

インストール

綿矢りさ　40758-6

女子高生と小学生が風俗チャットで一儲け。押入れのコンピューターから覗いたオトナの世界とは?!　史上最年少芥川賞受賞作家のデビュー作／第38回文藝賞受賞作。書き下ろし短篇併録。解説＝高橋源一郎

著訳者名の後の数字はISBNコードです。頭に「978-4-309」を付け、お近くの書店にてご注文下さい。